서유기 읽·기·의·즐·거·움

고대 중국인의 사이버스페이스

e시대의 절대문학

서유기 읽·기·의·즐·거·움

고대 중국인의 사이버스페이스

| 나선희 |

살림

e시대의 절대문학을 펴내며

자고 나면 세상은 변해 있다.
조그마한 칩 하나에 방대한 도서관이 들어가고
리모콘 작동 한 번에 멋진 신세계가 열리는
신판 아라비안나이트가 개막되었다.
문자시대가 가고 디지털시대가 온 것이다.

바로 지금 한국은, 한국 교육은,
그 어느 시대보다 독서의 당위성을 강조하고 있다.
지난 시대의 교육에 대한 반성일 것이다.
그러나 문자시대가 가고 있는데,
사람들은 디지털시대의 문화에 포위되어 있는데,
막연히 독서의 당위를 강조하는 일만으로는
자칫 구호에 머물고 말 것이다.

지금 우리는 비상한 각오로, 문학이 죽고
우리들 내면의 세계가 휘발되어버린 이 디지털시대에
새로운 문학전집을 만들고자 꿈꾼다.
인류의 영혼을 고양시켰던 지혜롭고 위엄 있는
책들 속의 저 수많은 아름다운 문장들을 다시 만나고,
새로운 시대와 화해할 수 있는 방법론적 독서를 모색한다.

'e시대의 절대문학'은
문자시대의 지혜를 지하 공동묘지에 안장시키지 않고
디지털시대에 부활시키는 분명한 증거로 남을 것이다.

발행인 심 만 수

서유기 읽·기·의·즐·거·움
西遊記

2부 | 리라이팅

1장 삼장의 말썽꾸러기 제자들

2장 여행길의 훼방자들―요마들의 모습

1

西遊記

작가·시대·작품론

『서유기』의 작가는 과연 오승은일까?

『서유기』가 세상에 얼굴을 선보인 중국의 명나라 시기는 어떤 시대였을까?

『서유기』와 관련된 여러 가지 의문들을 살펴보고 관련된 서적들을 소개한다.

특히 인도의 고대서사시 『라마야나』와의 연관성은 굉장히 흥미로운 부분이다.

또한 『서유기』와 영화 「매트릭스」와의 연관성을 살펴보았다.

『서유기』에 나타나는 하이브리드형 존재들은

'이 세상'과 '저 세상'을 자유롭게 다닐 수 있었다.

주인공들의 이러한 여러 공간에 대한 무애(無碍)라는 면은

영화 「매트릭스」에서도 나타난다.

1 장 ― 『서유기』와 나
西 遊 記

『서유기』를 만나다

'구도'와 '재미'라는 두 마리 토끼

문득, 지금까지 내가 살아온 삶의 궤적을 돌아보게 되었다. 논문을 쓰고 결혼을 하고 아이를 키우는 중간중간에 무슨 피가 끓어서였는지 여러 나라를 돌아다녔다. 그것도 일 년 이상씩. 이것은 『서유기』의 주인공들이 경전을 얻기 위해 여러 나라를 주유한 것과도 맞아떨어진다. 『서유기』가 나에게 영향을 준 것일까? 내 안의 어떤 경향이 그렇게 이끈 것일까?

박사논문을 마무리짓고 미국의 일리노이대학[1]에서 연구하기까지 『서유기』라는 작품을 가슴에 품고 여러 해를 보냈다. 하나의 작품을 가슴에 품고 오랜 세월을 동고동락하면서 그것에 대해 글을 썼다면 분명 어딘가에 그 작품을 안게 된 이유가 있을 것이다. 그것이 무엇일까를 곰곰이 생각해본다.

『서유기』의 가장 큰 특징은 무엇일까? 이 소설에서 두드러지게 눈에 띄는 점은 삼장법사의 구도여행을 이야기의 큰 축으로 하고 있다는 점일 것이다. 바로 '구도(求道)'가 이 소설의 바탕을 이루고 있다. 바로 이 점이 나의 흥미를 끌었다. 물론 소설 전체의 내용이 구도라는 부분으로 채워진 것은 아니다. 그러나 전체 줄거리는 삼장법사를 비롯한 제자들이 역경을 극복하고 천축에서 경전을 얻어 온다는 이야기이다.

이런 구도에 대한 관심은 더 거슬러 올라가면 고등학교 한문 선생님의 영향이 컸다. 그분은 불교에 조예가 깊으셔서 천방지축인 여고생들을 언제나 '정식 인간'으로 대접해 주셨다. 수업시간에도 한문뿐만 아니라 중국의 여러 선사(禪師)들의 이야기를 들려주셨으며 '인간은 무엇으로 살아야 하는가'라는 큰 질문을 던져 주셨다. 한창 입시에 찌들어 있던 나는 깊은 감동을 받았다. 결과적으로 종교에 대해, 그리고 구도에 대해서 관심을 가지게 되었다.

대학시절에도 종교적인 부분에 관심이 많아서 종교학과의 과목을 거의 전공수준으로 들었다. 당시 나는 '세속'과 '탈세속'이라는 대립된 개념에 관심을 가지고 있었다. '인간은 탈세속을 통해서만 답을 얻을 수 있는가?' 뭐 이런 뜬구름 잡는 생각을 하고 있었다. 그런데 어느 수업에서인가 하비 콕스의 『세속 도시』라는 책을 알게 되었다. 이 책에서는 기독교가 사회 속에 깊이 파고든 원인으로 '세속화'를 들었다. '세속화'를 전혀 다른 개념으로 해석하는 것이 아닌가! 내가 그 당시까지 이해한 세속화는 굉장히 야비한 개념으로 속물화와 같은 맥락이었다. 고정관념이 깨지는 순간이었다. 기독교에 세속화가 없었다면 오늘날의 기독교가 존재하지 않았을 것이며 세속화는 일종의 당면 과제였던 것이다. 그렇다면 다른 종교는 어떤가 하는 질문을 하면서 세속과 탈세속에 대해서 다시 생각하게 되었다. 내가 견고하게 가지고 있던 여러 가지 생각을 다시 점검하게 된 계기가 되었다.

대학 전공수업에서는 중국소설을 재미있게 들었다. 당시 중국소설을 들으면서 소설은 바로 '이야기'라는 사실을 알게 되었다. 특히 중국소설 중의 한 장르인 '지괴(志怪)'를 배울 때는 굉장히 많이 웃었다. '다리가 바뀐 아버지'라든지 '도깨비 업고 시내 건너기', 혹은 '나뭇잎으로 투명인간 되기' 등등의 이야기는 천 몇 백 년의 시간을 뛰어넘어서도 여전히 재미있었다. 이렇게 재미있는 장르에 대해 관심을 가지게 되었던 것이다.

이렇게 '구도'에 대한 관심, 그리고 중국소설이라는 바다의 발견이 하나로 만나게 된 것이 『서유기』이다. 그런데 『서유기』는 읽을수록 '구도'는 달아나고 '재미'는 따라오는 소설이었다.

장르를 넘나드는 『서유기』의 매력

　『서유기』는 중국 당나라 시대의 스님이었던 삼장법사가 인도에 경을 구하러 간 이야기를 바탕으로 재미있게 짜인 소설이다. 『서유기』에서 삼장은 판단력이 부족하고 리더십도 없는 겁쟁이로 묘사되지만 실제 삼장은 누구보다도 용감한 구도자였다. 그는 지금부터 1,300여 년 전 당나라 시대에 실크로드를 통해 인도에 직접 가서 불교의 교리를 배우고 인도어 불교경전을 잔뜩 가지고 귀국하여 후반생을 경전을 번역하는 일에 투신하였다. 당시의 중국 사람들은 온전한 불법을 전해준 그에게 얼마나 감사했을까? 아마도 그런 감사의 염원이 『서유기』에 투영되어 비록 역할은 많이 전도되었지만 천년 이래로 그리고 앞으로도 삼장의 이름은 많은 사람들의 입에 회자될 것이다. 그런 면에서 삼장법사는 자신의 고행에 대한 불멸의 과보를 받은 것 같다.

　『서유기』는 또한 재미있는 소설이다. 등장하는 인물들은 너무나 다채롭고, 이야기가 펼쳐지는 세상도 지구를 훌쩍 벗어나 있다. 『서유기』에 나오는 인물에 대한 묘사는 현대의 하이브리드 생물을 떠올리게 하며, 소설에서 묘사되는 여러 층차의 공간은 현대의 판타지 소설 속에서도 그 잔영을 발견하게 된다.

특히 영화 「매트릭스」를 보면서 그 속에서 나는 또다시 『서유기』를 발견한다. 「매트릭스」에 나오는 공간에 대한 묘사, 즉 '겹쳐진 공간(중첩 공간)'에 대한 묘사는 『서유기』에서도 역시 존재하고 있었다. 현대와 과거, 그리고 구미와 중국이라는 시간과 공간의 차이를 넘어서 이러한 공통점을 발견하면서 나는 인간 사유의 본질을 생각하게 된다. 『서유기』는 그런 면에서 다면적인 요소를 가진 텍스트라고 볼 수 있다.

그런 이유에서인지 『서유기』는 소설작품뿐만 아니라 희곡으로, 그리고 영화나 만화극 등의 다양한 장르로 변용되어 나타났다.

중국의 명나라 때에는 『서유기』의 내용을 가진 연극 '서유희(西遊戲)'가 있었으며 이것은 당시의 여타 다른 희곡 작품에 영향을 미쳤다. 특히 양동래(楊東來)의 희곡 서유기는 가장 대표적인 작품이라고 할 수 있다. 이후 청나라 시기에도 서유희는 가장 각광받는 중국연극 중의 하나로 자리잡았다.

또한 근래에는 주성치 주연의 영화 서유기를 비롯해서 여러 버전의 텔레비전 극 서유기가 등장하였다. 영화 「서유기」는 소설 『서유기』 내용 중, 한두 개의 에피소드를 발췌해서 만든 작품이다. 심각한 과장표현, 그리고 허무개그 스타일의 연기로 홍콩 코미디 영화의 지존의 위치에 서 있는 주성치의 영화를 좋아하지만, 그가 출연한 영화 「서유기」는 공간 묘사나 내용 전개 면에서 좀더 완성도를 높였으면 하는 아쉬움이 남는다. 한편 홍콩의 유명 감독인 서극이 필생의 역작으로 영화 「서유기」를 만들고 싶어한다고 하니 그의 작품이 기대된다.

그뿐만 아니다. 『서유기』는 만화나 텔레비전 만화극으로도 변용되었다. 예를 들면 '사오정 시리즈'를 유행시켰던 허영만 씨의 「날아라 슈퍼보드」도 있다. 「날아라 슈퍼보드」는 『서유기』에 등장하는 주인공들인 삼장법사 · 손오공 · 저팔계 · 사오정이 그대로 나온다. 또한 초등학교에 다니는 아들녀석이 미국에서도 가장 열심히 보는 텔레비전 만화 중의 하나가 「드래곤 볼 GT」이다. 「드래곤 볼 GT」는 『서유기』의 내용을 일본의 만화가(鳥山明, 토리야마 아키라)가 현대적으로 각색한 것이다. 이제 『서유기』는 전 세계적인 작품이 된 것일까?

이처럼 다양한 『서유기』에 대한 장르의 변용들은 말할 나위없이 『서유기』 작품이 가진 풍부한 넓이와 깊이를 보여주고 있다. 앞으로도 『서유기』를 변용한 작품은 계속 만들어질 것이다. 특히 『서유기』에 나타나는 독특한 성격의 주인공들은 세대를 초월해서 사랑받을 것 같다. 이처럼 강렬한 개성을 지닌 주인공들을 본 적이 있었던가! 이제 『서유기』의 바다에 발을 한번 담가 보자.

2 장 —— 『서유기』 작가가 오승은이 아니라고?

西　遊　記

노신의 『중국소설사략』

오승은 작가설은 폐기 직전

사람들은 『서유기』의 작가를 오승은으로 알고 있다. 그러나 오승은 작가설은 요즈음 거의 폐기될 정도로 의심받고 있다. 그렇다면 왜 『서유기』의 작가가 오승은이라는 전설이 생겨났으며 어째서 오승은은 『서유기』와 관련이 없는 인물일까?

『서유기』가 나타난 시기는 중국의 명나라(1368~1644) 때이며, 그때 나온 100회로 이루어진 『서유기』에는 작가의 이름이 적혀 있지 않았다. 그리고 그 다음 시대인 중국 청나라의 어떤 학자도 『서유기』의 작가를 오승은이라고 한 적이 없다. 그런데 오승은이란 이름을 정확히 호명한 것은 노신(魯迅)이 『중국소설사략(中國小說史略)』이라는 책을 통해서이다. 노신의

『중국소설사략』은 중국소설 연구에서는 대단히 기념비적인 책이다. 그는 최초로 중국소설을 근대적인 방법으로 분석해서 중국소설에 관한 역사를 서술하였다. 그래서 이 책은 중국 고대소설 분야에서는 일종의 고전으로 평가받고 있다.

게다가 노신은 연구자의 영역을 넘어선 인물이었다. 그는 문학가이자 혁명가였으며, 『아Q정전』이라는 중국 최초의 근대소설을 창작한 소설가였다. 노신은 지금도 중국 본토뿐만 아니라 대만을 비롯한 중화권, 그리고 그런 지역적 경계를 넘어서서 많은 사람들에게서 존경을 받는 위대한 인물이다. 이런 형편이다보니 그에게서 나온 연구 성과물을 누가 과연 의심했으랴! 그러나 이 책은 중국 고전소설 연구의 뼈대를 세워준 책이었음에도 불구하고 군데군데 오류가 발견되고 있다. 『서유기』의 저자 오승은설도 이 중의 하나일 것이다.

원인을 따지자면 당시에는 지금만큼 많은 자료들이 나타나지 않았고, 또 집중적으로 그 자료를 분석해서 진가를 판별할 만한 연구인력도 부족했었다.

『서유기』의 작가로 알려진 오승은에 대해서 최초로 문제제기를 한 학자는 일본의 타나카 이와오(田中巖)이다. 그는 1953년 「서유기의 작자(西遊記の作者)」[2]라는 논문에서 노신(魯迅)이 시인한 오승은 작가설에 대해 그 근거가 빈약함을 지적하였다. 그리고 한참 뒤 미국의 유명한 중국소설 연구자인 플락

스는 1987년 『명나라 시기의 사대기서 *The four masterworks of the Ming novel*』[3]에서 『서유기』의 작가가 오승은이라는 기록은, 유머러스한 표현에 대한 오승은의 명성이나 그가 산문집에서 보인 초자연적인 현상에 대한 흥미를 근거로 한 유추일 뿐이지, 실제로 100회본 『서유기』의 작가가 오승은이라는 직접적인 증거는 없다고 하였다. 이어서 1992년 중국 북경대학의 유용강 선생이 『즐거운 정신여행—서유기에 대한 새로운 해설』[4]에서 본격적으로 오승은 작가설의 부당함에 대한 여러 가지 해석을 하고 있다.

노신의 판단 근거

그렇다면 노신은 왜 100회본 『서유기』의 어디에도 오승은이라는 이름이 없음에도 불구하고 『서유기』의 작가를 오승은으로 생각했을까?

노신이 그렇게 판단한 가장 중요한 핵심 자료는 명나라 때의 『회안부지(淮安府志)』를 들 수 있다. 이 책은 회안[지금의 강소성(江蘇省)] 지역에 관한 안내서라고 할 수 있다(예를 들면 어느 음식점이 맛있다. 어느 절이 볼 만하다 등의 소개 형식의 서적이다). 이 『회안부지』 권19에 '오승은이 『서유기』를 지었다.'라는 기록이 남아 있다. 그러나 알다시피 중국은 한국보다 훨씬 많은 사람들이 살았었고 또 그만큼 많은 책들을 남겼다. 우리나라에도 유길준(兪吉濬)의 『서유견문록(西遊見聞錄)』이 있는 것처럼 『서유기』라는 동명의 책이 존재할 수 있는 것이다. 게다가 『회안부지』에서는 오승은의 『서유기』라는 책의 내용이나 길이, 그리고 어떤 성격의 책인지에 대한 설명이 전혀 없다.

단지 '오승은의 『서유기』가 있다.'라는 단편적인 구절 하나만이 남아 있는 것이다. 여기서 더 나아가 『회안부지』는 지역 안내서이기 때문에 보통 이런 책에는 소설의 제목을 싣지 않는다. 유명한 작가의 시문집은 실릴 수 있어도 소설은 실리지 않았던 것이다. 그렇다면 오승은의 『서유기』는 소설이 아닌 다른 성격의 책일 가능성이 높은 것이다. 단지 책 이름이 같다는 사실 하나만으로 작가를 단정했기 때문에 지금 오승은 작가설은 거의 사문화될 지경이다.

오승은 시문집과의 비교

시문집과 서유기의 세계관

그렇다면 관점을 바꾸어서 오승은이 지은 다른 책과 『서유기』를 비교하는 것도 진가를 밝힐 수 있는 좋은 방법일 것이다. 오승은이 지은 다른 책은 없는가? 물론 있다. 그런데 현재 오승은이 작가라는 것이 의심되는 더 중요한 이유는 그가 남긴 시문집에 보이는 문장의 서술 방식이나 그의 인생관이 『서유기』에 나타나는 것과 하등 공통점이 없다는 것이다. 한 개인이 시(詩)나 문장을 지을 때와 소설을 창작할 때의 자세는 다를 수 있다. 그러나 같은 사람이 지었다면 분명 어떤 공통점이 있어야 할 것이다. 그러나 그의 이름이 새겨진 시문집과 이름이 표시되지 않은 『서유기』는 이런 면에서 유사한 점이 거의 없다.

오승은의 시문집에 나타나는 그의 기본적인 인생철학은 보수주의이다. 그는 나라의 관리에게는 이유 여하를 막론하고 순종해야 한다고 하며, 그의 이런 생각을 아버지 비문에 새겼다. 그리고 오승은은 명나라 시대 문예사조 중의 하나인 '복고(復古)'를 외친 사람이다. 복고란 새로운 것보다는 옛것을 그대로 이어받아서 사용하자는 주장이다. 명나라 시대는 송나라 시대 주류 성리학 유파였던 주자학을 비판하면서 양명학이 새롭게 등장한 시기였다. 특히 양명학 중에서도 좌파 양명학은 기존의 가치를 부정하는 전복적인 면을 지니고 있었다.

그런데 『서유기』에 나타나는 작가의 전반적인 세계관은 당시의 봉건제도에 대한 강한 비판이 보이며 기존 질서에 대해서도 회의적이거나 '반항'적인 면이 나타난다. 한마디로 『서유기』는 그 책이 등장한 당시로서는 상당히 혁신적인 내용을 담고 있다고 볼 수 있다. 『서유기』의 주인공인 손오공은 신통력을 얻고 나서는 왕에게도 고개 숙이지 않았으며 심지어는 옥황상제에게도 고개 숙이지 않았다. 물론 여래보살을 만나서 '부처님 손바닥 안'이라는 교훈을 얻고 나서 약간 자성(自省)하게 되지만, 그가 가진 본질적인 '반항정신'은 삼장을 따라 여행을 하는 중에도 사라지지 않는다.

그는 순종적인 원숭이가 아니었다. 이런 면모는 손오공뿐만 아니라 저팔계를 비롯한 나머지 제자들에게서도 발견할 수 있다. 다시 말하면 『서유기』에서는 기존 체제에 대한 '불만'과 '전복'을 발견할 뿐인 것이다. 이런 점에서 오승은의 서술 자세와는 괴리가 있다.

오승은이 지킬박사와 하이드?

그러면 누군가는 그럴지도 모른다. 자신의 이름을 밝힌 시문집에서는 기존 질서에 대해 순종적인 태도를 취할 수도 있고 이름을 숨긴 『서유기』에서는 반항적인 태도를 취할 수도 있다고. 뭐 그런 지킬박사와 하이드 같은 인간의 이중성에 대해서는 할 말이 없다. 그러나 가장 일반적인 관점에서 보자면 이처럼 시문집과 소설에 나타나는 작자의 인생철학의 현격한 차이는 뭔가 의심의 여지를 남긴다.

또 하나 오승은의 시문집과 『서유기』에 나타나는 세계관의 차이를 볼 수 있는 부분은 오승은의 도교에 대한 관점이다. 오승은의 시문집에서는 당시 임금인 세종(世宗)이 도교를 숭상하는 것에 대해 칭송하는 말로 가득 차 있다. 그러나 『서유기』에서는 도교에 대해 무척 비판적인 자세를 취하고 있다. 손오공은 도교를 믿는 도사에게 홀려서 아이들을 초롱에다 키워서 그들의 싱싱한 간 1,000개를 모아서 보약으로 쓰려는 왕을 혼내주었으며, 『서유기』 곳곳에서 도교의 해독을 설파하고 있다. 바로 시문집에 나타나는 태도와는 너무나 동떨어진 묘사이다.

명나라 시대 소설가의 지위

명나라 시대 소설가는 하찮은 직업

이런 비판적인 면을 접어두고 오승은이 혹시 작가일지 모른다는 측면을 보자. 예를 들면 오승은은 『회안부지』에 나온 대로 회안지방 사람인데 『서유기』에는 회안지방 사투리가 등장하기도 한다. 그러나 이에 대한 반론으로는 『서유기』에는 회안 사투리뿐만 아니라 금릉(金陵―지금의 남경) 지역 사투리도 많이 나온다. 이렇게 언어학적인 접근으로도 오승은을 작가로 단정하기에는 석연치 않다.

이 문제의 출발점은 결국 오승은 자신이 그의 저작 어디에도 '내가 『서유기』라는 재미있는 소설을 쓴 적이 있다.' 라고 말한 적이 없다는 것이다. 그렇기 때문에 후대의 학자들은 도

대체 누가 이렇게 재미있는 소설을 썼는지 더욱 궁금했던 것이다. 그래서 가장 비슷한 시기에 살았던 그럴듯한 문인을 지적해서 작가라고 설정한 것이다.

그렇다면 왜 『서유기』의 작가는 자신의 이름을 당당히 내걸지 않았을까? 그것은 당시에 소설가는 대접받는 직업이 아니었기 때문이다. 오늘날에는 소설가란 자신의 이름을 감출 이유가 없는 직업이다. 유명작가의 경우는 작품이 완성되지 않았는데도 그 작가의 이름만으로도 출판을 약속하는 경우도 있다. 그러나 중국의 명나라 때만 해도 소설가는 아직 부끄러운 직업이었다. 특히 과거시험을 보려는 행정가 지망생들에게 소설가라는 직함은 별로 명예로운 것이 아니었다. 소설이란 당시만 해도 '하찮은 이야기'에서 많이 벗어나지 않은 상태였다. 그렇기 때문에 선비들이 자신의 온 정력을 쏟아서 투자할 만한 가치 있는 일이 아니었다.

이런 연유로 명나라 시대에 나타난 네 편의 유명한 장편소설의 작가는 그다지 분명치 않다. 이 네 편의 장편소설은 『삼국연의(三國演義)』『수호전(水滸傳)』『금병매(金甁梅)』그리고 우리의 『서유기』다. 『삼국연의』는 나관중(羅貫中)이 썼고, 『수호전』은 시내암(施耐庵)이 쓴 것으로 알려져 있지만 이들이 어떤 사람인지에 대한 자료는 거의 남아 있지 않다. 그리고 『금병매』의 작가는 '난릉 소소생(蘭陵 笑笑生)'이다. 난릉 소소생이란 일종의 가명이라고 할 수 있다. 난릉 소소생이 누구인지는 지금 아무도 모른다.

청나라 시대에 달라진 분위기

그러나 청나라 시대로 내려오면 사정이 달라진다. 인구는 불어나고 소설을 찾는 사람들이 늘어만 갔다. 이런 추세에 편승해서 소설가들의 숫자는 늘어갔으며 점차로 자신의 이름을 내걸고 소설 창작을 하는 사람들이 하나 둘씩 나타나기 시작했다. 이 시절에 나온 소설이 그 유명한 조설근(曹雪芹)의 『홍루몽(紅樓夢)』과 오경재(吳敬梓)의 『유림외사(儒林外史)』이다. 조설근이나 오경재에 대해서는 비교적 많은 자료가 남아 있고 이들이 이 작품을 지은 것에 대해서는 아무도 의심하지 않고 있다. 특히 『유림외사』에서는 서점을 묘사한 재미있는 부분이 있는데 서점에서는 소설뿐만 아니라 과거시험용 참고서도 팔았다고 한다. 게다가 그 참고서에는 각각 누가 그 책을 썼는지 표지에 커다랗게 인쇄되어 있었다. 그래서 사람들은 저자를 보고 참고서를 선택했다고 한다. 개인적으로 이 부분을 읽으면서 현대의 풍경과 다르지 않다는 생각에 정말 흥미로웠다.

어쨌든 위의 비교에서처럼 명나라 시대는 청나라 시대보다 소설가라는 직업에 대한 자의식이 약한 시대였다. 그렇기 때문에 우리는 명나라 시대 소설에서 작가를 제대로 알아내기가 쉽지 않은 일이다.

우리에게 중요한 것은 『서유기』라는 작품이 남아 있다는 것이다. 누가 썼든지간에 우리가 이 소설 속에서 감동과 기쁨, 그리고 카타르시스를 느낀다면 작가가 누구이든 무슨 상관이랴?…… 그럼에도 불구하고 역시 궁금하기는 궁금하다. 왜냐하면 『서유기』의 내용을 보면 곳곳에서 작가의 정성과 공력, 그리고 심혈이 느껴지기 때문이다. 도대체 누가 쓴 거야?

3 장 ── 『서유기』는 어떤 시대에 태어났는가?
西 遊 記

명나라 시대

명나라 시대(1368~1644)는 전반적으로 신분에 의한 계급 사회에서 돈이 있으면 신분을 살 수 있는 자본사회로 나아가는 중간 과정의 시기였다.

명나라 시대의 사회변화로 대표적인 것은 도시화와 수공업의 발달을 들 수 있다. 우선 도시화를 보면 사람들은 쌀 생산지역인 중국의 호남(湖南)지방이나 사천(四川)지방, 그리고 상업과 공업이 발달했던 양자강 유역의 강남지방으로 모여들었다. 이른바 도시들이 발달하고 있었다. 이런 도시 발달로 인구가 집중되면서 사람들은 재미있는 그 뭔가를 찾게 되었다. 그래서 재미있는 놀이들이 발달하게 되었는데 여기에는 소설도 포함되었다.

그리고 당시 또 하나 중요한 사실은 농업의 생산량이 늘어남에 따라서 강남지역에서는 직물업—왕서방으로 대표되는 비단제조—이나 기타 다른 생산도 늘어나게 되었다는 점이다. 그리고 이런 산업들은 점차로 분업의 형태를 갖추게 되었다. 다시 말하자면 수공업에 종사하는 사람들이 급격히 늘어나고 있었던 것이다. 이 사람들, 즉 이주농민이나 기술자들은 점차로 자신들의 권리에 눈을 떠갔으며 이런 자신들의 생각을 표현해줄 철학을 필요로 하게 되었다. 여기서 새로운 주자학, 즉 양명학이 등장한다.

유명한 중국학 문예 이론가인 이택후(李澤厚)는 명나라 시대의 특징을 두 가지로 들었다. 명나라는 첫째, 송나라(宋) 시대 이래로 폭발적으로 나타나는 자본주의적 요소가 점차로 늘어난 시기였으며, 둘째, 상인지주와 시민계급이 증가한 시기였다고 하였다. 그리고 문예 방면에서는 시민을 위한 문예가 특별히 꽃을 피운 시대라고 하면서, 이 시민문예의 대표주자로서 소설, 희곡을 들고 있다.

특히 『서유기』가 나온 16세기는 인쇄술의 발달에 따라 여러 가지 소설작품이 쏟아져 나온 시기였다.[5]

우리는 명나라 시대를 다음과 같이 정의할 수 있을 것이다. 철학면에서는 양명학이 발달한 시기였으며, 사회적으로는 출판과 인쇄술이 발달하면서 팔기 위한 책, 즉 방각본이 활발하게 제작되었던 시기였다. 아울러 이런 발달의 양상을 따라 본격적인 편집자가 등장할 정도로 출판업이 발달하게 되었다. 또한 출판업의 발달에 궤를 같이 하여 작가 계층이 등장한 시기라고 할 수 있다.

이제 명나라 시대의 실상에 대해서 알아보자.

평등한 질서에 대한 갈망 – 양명학

인간 사회의 수직적 질서 거부

어떤 사회를 이해하는 데 가장 기초적인 정보를 제공하는 것은 당시의 철학사조이다. 사상이나 철학을 통해 우리는 그 사회의 가장 기본적인 흐름을 읽어낼 수 있다.

양명학(陽明學)은 주자학(朱子學)을 비판하면서 명나라 시대에 새롭게 나타난 철학사조이다. 양명학의 창시자는 왕양명(王陽明)이다. 왕양명이 기존의 주자학을 버리고 새롭게 양명학의 기치를 내걸게 된 계기는 상당히 흥미롭다. 왕양명은 밤낮을 가리지 않고 정좌(靜坐)하여 명상하던 어느 날 밤 홀연히 크게 깨달아 "성인의 도가 나의 성(性)에 자족(自足)하니 따로 사물에서 이치(理)를 구하는 것은 잘못이다."라고 하여 드디어 주자의 유학과 결별하게 된다. 왕양명 학설의 가장 중요한 점은 일반인도 성인과 별다른 차이점이 없다고 말하는 점이다. 이것은 역으로 성인을 일반인과 마찬가지의 위치로 격하시키는 셈이 됐다. 한마디로 그 동안 윤리와 예교에 묶여 있던 인간을 좀더 자유롭게 해준 사조라고 할 수 있다.

양명학에서 두드러지는 부분은 평등한 질서에 대한 염원이 있다는 점이다. 이것은 당시에 선비-농민-제조업자-상인으로 대표되는 수직적 질서를 부정한 것이다. 선비는 가장 상위의 계급이라는 점을 부정하고 상인이나 제조업자도 선비만큼이나 존중받을 만한 가치가 있다고 주장하였다. 이것을 신사민론(新四民論)이라고 한다. 이 신사민론에 대해서 왕양명은 다음과 같이 말했다.

> 양명 선생께서 말하였다. "옛날에는 사민(四民－士, 農, 工, 商)은 직업을 달리하였으나 도를 같이 하였으며, 그들이 마음을 극진히 한 것은 한가지였다. 선비는 이것(道)을 가지고 수양하고 통치하였으며, 농부는 이것을 가지고 갖추어 봉양하였으며, 공인은 이것을 가지고 도구를 이롭게 하였고, 상인은 이것을 가지고 재화를 유통시켰다. 각기 그 자질이 가까운 곳, 힘이 미치는 곳에서 생업을 삼아서 그 마음을 극진히 발휘할 것을 추구하였다. 요컨대 사람을 살리는 길에 유익한 것은 한결같았을 뿐이다."

陽明子曰, 古者四民異業而同道, 其盡心焉一也. 士以修治, 農以具養, 工以利器, 商以通貨, 各就其資之所近, 力之所及者而業焉, 以求盡其心. 其歸要在於有益於生人之道, 則一而已.[6]

기존 질서에 대한 반항

이처럼 인간 사회의 수직적 질서를 거부한 왕양명의 학파는 후대에 대개 세 갈래로 나뉘게 된다. 특히 『서유기』와 관련해서 주목해야 할 것은 좌파(左派)라고 불리는 일군의 무리이다. 이 좌파의 대표적인 인물로는 왕용계(王龍溪, 1498~1593), 하심은(何心隱, 1517~1579), 이탁오(李卓吾, 1527~1602)를 들 수 있는데 이들은 인간 욕망에 대한 긍정을 특징적으로 부각하였다. "사람이 재색(財色)을 좋아함은 모두 성(性)으로부터 나온다." 하여 인간의 욕망을 적극적으로 긍정하게 되었으며, 특별히 이탁오는 '동심설(童心說)'을 주장하였다. 동심설은 무엇인가? 그것은 '어린아이의 마음으로 돌아가자'는 주장이다. 예교의 속박 때문에 자신의 본성을 잊고 가식적인 태도만을 취했는데 그것을 벗어던지자는 주장이다. 이탁오의 '동심설'은 양명학의 문학적인 수용이라고 할 수 있다. 이들 양명학 좌파의 주장을 한마디로 요약하면 '기존 질서에 대한 반항'이라고 할 수 있다.

양명학에 나타나는 각 개인의 '개성의 자각', 혹은 '평등한 질서에 대한 관심'은 『서유기』에도 영향을 미쳤다. 그 영향으로 『서유기』에서는 천상, 지상, 그리고 지하로 구분되는 수직적인 세계의 벽이 사라지면서 각각의 세계는 여행의 세계로 겹쳐지고 있었다. 그리고 이로 인해 소설의 주인공은 각각의 세계들을 아무런 제약없이 넘나들 수 있게 되었다. 양명학에서 주창하는 평등한 질서는 『서유기』에서도 소설적으로 반영되어 나타나고 있으니, 양명학과 소설 『서유기』는 이처럼 기존 질서에 대한 반항이라는 면에서 같은 궤를 달리고 있다.

이처럼 사회구조와 인식의 변화에 따른 기존의 질서에 대한 반항은 당시의 사람들이 자신들이 서 있는 위치가 어디인지를 반성할 수 있는 계기를 만들어 주었으며, 바로 여기에서 명나라의 '소설의 시대'를 연 새로운 계층의 존재를 감지하게 된다. 이들은 당시 사회의 주된 권력층은 아니었던 것으로 여겨진다. 그러나 이들은 점차로 그 숫자가 늘어나고 있는 계층이었으며, 자신들의 그런 입장에 상응해서 그 동안 중시되지 못했거나 영웅시되지 못했던 인물들에 관심을 가졌던 것으로 보인다. 한마디로 전체적인 사회구조는 이전 시기와는 역전적인 상황이었다.

아울러 소설이라는 장르는 그것을 향유하는 계층이 시를 향유하던 계층과는 성격을 달리하고 있었다. 이들은 좀더 인간적인 이야기, 좀더 삶에 가까운 대중적인 이야기를 원하는 계층이었던 것이다. 이렇듯 명나라는 기존의 계급질서에 대해 새로운 견해를 지닌 집단이 생겨나고 있었으니, 이들이 바로 장편소설의 작가이자 독자였으며, 『서유기』에 나타나는 평등한 질서체계를 긍정하는 계층이었다.

출판·인쇄의 발달 – 소설 발전의 촉매제

방각본의 등장

명나라의 문화현상을 관찰할 때 가장 두드러진 점 중의 하나는 인쇄업과 출판업의 발달이다. 『서유기』도 이런 흐름 속에서 태어난 책이라고 할 수 있다. 출판과 인쇄의 상황을 살펴보자.

서적 발달의 역사를 보면 종이가 발명된 이후 사람들은 한 글자 한 글자 원본과 대조하면서 받아쓰는 필사본(筆寫本)을 사용할 수밖에 없었다. 한 글자 한 글자 베껴 쓴다고 생각해 보자. 얼마나 지난한 노력이 필요했으랴! 그러다가 이런 불편을 참다 못해 책을 대량으로 생산할 수 있는 방법을 모색하게 되었는데 그래서 등장한 것이 목각본(木刻本)이었다. 나무에 글자를 새긴 후에 한 장 한 장씩 찍어내어 책이 되는 시스템이다. 바로 우리나라의 해인사에 있는 팔만대장경판이 바로 이런 목각본 책을 찍기 위한 것이었다. 그런데 목각본 책을 만드는 일은 간단한 일이 아니었다. 좋은 판질의 나무를 골라서 운송해야 하며 솜씨 좋은 기술자를 고용해서 오랜 시간 작업을 해야 하는 일이었다. 이런 이유로 목각본 책은 나라에서 주도해서 만들어내거나 여유 있는 집안에서 가각본(家刻本)으로 만들어냈다.

인구가 증가하고 생산력이 늘어나면서 점차로 물질적 여유가 생겨나 사람들은 시간에 여유가 생겼다. 그래서 여가를 재미있게 해줄 도구가 필요했던 것이었다. 지금도 그렇지만 책이란 얼마나 소중한 여가의 친구인가! 그래서 사람들은 책을 찾게 되었으며 수요가 늘면서 책의 가격은 올라가게 되었다. 당시의 상인들은 이런 흐름을 놓치지 않았다. 그들은 이제 직접 나무를 사들이고 목공을 고용해서 '팔기 위한 책'을 만들어내게 되었다. 이것이 바로 방각본(坊刻本—여기서 방이란 가게의 의미를 지닌다. 즉, 가게에서 팔기 위한 책)이다.

방각본의 증가는 책 출판의 전체량을 증가시키는 현상을 가져왔지만, 방각본은 질이 나쁜 경우가 많았다. 특히 복건(福建)지역의 방각본은 조악하기로 소문이 났다. 이처럼 방각한 책들이 증가하면서 소설 출판이 급증하였으며 황당무계

한 내용의 이야기도 나돌았다. 그러나 명나라 후반으로 올수록 이런 조악한 책뿐만 아니라 정밀한 책도 출현하였는데, 그 중에서도 소주(蘇州)의 책은 정밀하기로 유명하였다.

명나라 말기에는 기술자(刻工)들이 대부분 남경과 소주 일대로 옮겨 거주하였으므로, 이 때문에 이 지역이 방각본의 중심지가 되었다. 명나라 시대의 문화의 중심지는 이런 강남 지역이었던 것이다. 이처럼 방각본이 나타나면서 소설과 희곡 작품들은 '팔리는 물건'으로 더 많이 생산되었다.

본격적인 편집자의 등장

한편 출판과 인쇄의 발달과 함께 본격적인 편집자들도 출현한다. 이 명대의 가장 두드러지는 편집자이자 출판가로 급고각(汲古閣)의 모진(毛晉)을 들 수 있다. 그의 손을 거쳐 출판된 서적은 수량에 있어서도 중국 역사상 어떤 출판가(出版家)도 뛰어넘을 수 없는 양이었으며 품질도 뛰어났다. 모진에 대한 일화는 당시 출판업이 어떻게 전개되었는지를 알 수 있는 좋은 자료이다.

모진은 당시에 편집과 출판에 심혈을 기울였다. 그는 자기 집 문에 방을 내걸었는데, 방의 내용인즉, 오래된 책을 가져오면 많은 돈을 주겠다는 것이었다. 그래서 사람들은 창고에 처박혀 먼지가 뽀얀 책들을 가지고 모진의 집으로 모여들었다.

시중에서는 '힘들여 농사짓는 것보다 책을 가져다 파는 것이 낫다.' 라는 풍문이 돌 정도로 많은 사람들이 소장된 책들을 팔았으며, 그 결과 모진의 집에는 책이 산더미처럼 쌓이게 되었다. 모진은 이런 책들을 모두 자세히 읽어보고 같은 제목의 여러 책들을 비교해서 잘못된 것을 고치고 새로 정리하였다. 일종의 편집을 한 것이다. 그리고 이렇게 편집한 원본을 가지고 판을 짜고 인쇄하여 아름다운 책으로 만들어냈다. 이렇게 책을 만들어내자 중국 전역에서 모진이 출판한 급고각의 책을 사기 위해 천리나 만리를 멀다 않고 사람들이 찾아왔다.

위의 일화는 모진이란 개인의 일화이지만 이것은 또한 당시 출판업과 인쇄업이 어떻게 진행되었는지를 알려주는 좋은 예일 것이다. 이런 연장선상에 『서유기』도 있다. 『서유기』의 작가는 오리무중이지만 이것이 출판된 곳은 뚜렷하다. 바로 남경의 세덕당(世德堂)이다. 이 세덕당도 명대에 책을 출판한 많은 출판사 중의 한 곳이다. 이렇게 세덕당이 출현하게 된 것도 이런 문화적인 저변—즉 인쇄·출판업의 발달, 본격적인 출판가·편집자의 등장—을 바탕으로 축적된 문화사적인 결과물이다.

늘어난 지식인 실업자

오늘날에도 실업자의 문제는 사회적으로나 정치적으로 상당히 민감한 문제이다. 명나라 시대도 마찬가지였다. 명나라 시대에는 우선 과거시험을 준비하는 사람들 중에 늙어 죽을 때까지 과거에 합격하지 못한 과거 준비생들이 있었다.

지금의 현실을 통해 유추해 보더라도 과거란 일종의 고시와 같은 것이었다. 오늘날 고시를 준비하는 사람들이 정원의 몇 십 배에 해당하는 것처럼 과거시험의 경우도 마찬가지였던 것이다. 이처럼 과거시험은 합격자를 둘러싼 엄청난 준비생들을 낳았는데 이들은 당연히 문자를 읽고 쓸 수 있는 계층이었으며, 명대에는 이들의 숫자가 증가일로에 있었던 것이다.

그리고 과거준비생 외에 또 흥미로운 집단이 있었는데, 이들을 생원(生員)·감생(監生)·거인(擧人)들이라고 한다. 이들은 국립학교에 다니고 있으면서 일종의 학위를 취득한 사람들이다. 그러나 최종 관문에는 합격하지 못한 사람들이었다.

그런데 백화소설의 경우를 보더라도 이러한 학위층들은 중요한 작가이자 독자이기도 하였다. 우선 당시 유명한 문필가였던 풍몽룡은 생원(生員)으로 알려졌으며, 『이박(二拍)』을 지은 능몽초(凌蒙初)나 『수사유문(隋史遺文)』 등을 지은 원우령(袁于令)도 소설을 쓸 무렵에는 생원(生員)이었다.

이처럼 명나라 시대에는 과거준비생들과 새롭게 형성된 학위층, 즉 생원·감생·거인들은 그들의 시험인 과거에 합격하기 위해서나 여가를 위해 서적을 필요로 했다. 그러므로 이들의 수요로 인해서 책의 판로가 확대되고 있었으며, 이와 동시에 명대 후기에 들어설수록 벼슬자리에 비해 엄청나게 증가한 학위층의 숫자로 인해서 이러한 잉여 지식층들은 자연히 식자층의 요구에 합치되는 방향에서 창작하였을 것이다. 다시 말하면 이들 계층은 소설작품의 독자이자 작가였던 것이다.

4 장 ── 『서유기』와 관련된 여러 가지 책들
西 遊 記

삼장법사와 관련된 책들

　『서유기』는 여러 책들의 도움을 받아서 완성되었다. 『서유기』의 기본 모티브라고 할 수 있는 것은 첫째, 당(唐)삼장이 불경을 구한다는 역사적 사실, 그리고 둘째로 원숭이가 주인공으로 등장하는 원숭이 이야기[獼猴故事]이다. 이 두 가지 이야기 중에서 당삼장의 이야기는 『대당서역기(大唐西域記)』와 『대당대자은사삼장법사전(大唐大慈恩寺三藏法師傳)』 속에 있었으며, 원숭이 이야기는 인도의 전통적인 시가에 들어 있던 것이 불교가 중국에 유입되는 과정에서 불경 속에 나타난다. 이처럼 각각 따로 있던 두 개의 이야기가 송대에 와서야 결합되어 『서유기』의 기본 구성을 이룬다.

『대당서역기』 – 인도까지의 견문록

우선 삼장법사와 관련된 이야기를 살펴보자. 『서유기』와 관계된 가장 최초의 책으로는 당나라 때의 『대당서역기』가 있다. 『대당서역기』는 당대의 스님인 현장(玄奘, 『서유기』에 등장하는 삼장이라는 이름은 당나라의 태종이 현장스님에게 내린 호(號)이다)이 제자인 변기(辯機)에게 자신의 체험을 이야기한 것을 변기가 받아 적어 책으로 남긴 것이다.

이것은 일종의 인도까지의 견문록이라고 할 수 있다. 여기에는 현장이 17년간 서역으로 가는 동안에 보고 들은 141개국의 지리와 풍속, 그리고 자신이 겪은 어려움이 서술되어 있다. 이 책에는 특히 중국과 인도 사이의 실크로드 근처에 있던 여러 나라들에 대한 기록이 남아 있다. 이제는 그 흔적조차 희미해진 나라들이 이 책에서 숨쉬고 있는 것이다.

『대당서역기』와 『서유기』의 관계를 보면 『대당서역기』의 어떤 부분은 『서유기』 내용의 모티프가 되었다. 예를 들면 『대당서역기』 권5에 있는 『발라야가국(鉢羅耶伽國)』 이야기를 보자. 어떤 성에 기이한 신을 섬기는 사당이 있었는데 여기에는 흉악한 귀신이 살고 있어서 사당에 복을 빌러온 사람들을 다 잡아먹었다. 후에 스님이 사당에 나쁜 신이 있음을 밝히고 사람들을 구하게 된다.

일반적으로 사당이란 후손을 보살펴주는 조상신이나 복

을 내리는 좋은 신들이 사는 곳이다. 그런데 이 이야기에서는 흉악한 나쁜 신이 살고 있었다. 이와같이 좋은 장소에 나쁜 요물이 산다는 모티프는 『서유기』의 제65회에도 나온다. 소설의 제65회를 보면 취경 가는 일행이 '소뇌음사(小雷音寺)'를 지나가게 되었다. 삼장은 손오공이 가지 말라고 말리는 것을 듣지 않고 부처를 뵙고 인사드리고자 하였다. 그러나 결국은 요마의 손아귀에 떨어지게 된다. 원래 이 요마는 미륵불 앞에서 시중들던 황미동자(黃眉童子)였으나 요괴가 되어, 요술을 부려 불사를 지어서 세상 사람들을 속이고 있었던 것이다. 또 다른 예로는 『대당서역기』 권11 『승가라국(僧伽羅國)』 이야기를 들 수 있다. 이 나라에는 사자왕(獅子王)이 있었는데 다른 나라의 공주를 납치해 아내로 삼고 아이들을 낳아 기르고 있었다. 이렇게 요마가 여자를 약탈해서 결혼하는 이야기는 『서유기』에도 있다. 제29회의 황포괴(黃袍怪)는 보상국(寶象國)의 공주를 약탈하여 부인으로 삼고 아이를 낳아 기르기도 한다.[7]

이렇듯 『대당서역기』와 『서유기』에는 직접적인 서술의 연관성은 없을지라도 소재의 연관성은 발견할 수 있다.

『대당대자은사삼장법사전』 – 현장의 위대함

한편 『대당서역기』 외에 현장의 전기인 『대당대자은사삼장법사전』도 있다. 이 책은 당대(唐代)의 스님인 혜립(慧立)이 『대당서역기』를 바탕으로 현장의 위대함을 서술한 책이다. 이 책의 전반부는 서역 인도에 대한 부분이며 후반부는 현장 스님이 당나라로 돌아온 후 인도에서 가져온 불경들을 번역한 일을 서술하고 있다. 실제로 현장은 인도에서 돌아온 후 당나라의 수도인 장안(長安, 지금의 西安)의 대안탑(大雁塔)에서 역경사업에 투신하면서 후반생을 보냈다. 그가 인도어에서 중국어로 번역한 여러 경전들은 그 후 중국 불교가 화려하게 꽃필 수 있는 바탕을 마련해 주었다.

그런데 『서유기』에서 완전히 폄하된 것과는 달리, 『대당대자은사삼장법사전』에 나타나는 현장의 모습은 마음이 바르고 의지가 견고하며, 용감하고 두려움 없는 고승의 형상이다. 소설 속에서 삼장은 일단 무서운 사람이나 요마를 만나면 언제나 놀라서 혼비백산해 타고 있던 말에서 떨어진다. 그러나 『대당대자은사삼장법사전』의 현장의 경우, 여러 차례 나쁜 도적을 만나지만 결코 두려워하지 않는다.

한 번은 그가 용왕이 사는 굴을 지나는데 거기에 여래(如來)가 머문 흔적이 남아 있다는 소리를 듣게 된다. 여러 사람들이 근처에 도적이 있다고 말하는데도 불구하고 그는 고집스럽게 예불을 드리러 가려고 하였다. 몇 리를 가자 과연 다섯 명의 도적이 칼을 빼들고 나타났다. 현장이 온 이유를 설명하자 도적이 물었다. "너는 여기에 도적이 있다는 소리를 듣지 못하였냐?" 이에 현장은 침착하게 대답했다. "도적도 사람이다. 지금 내가 예불을 드리려는데 설사 맹수들이 길에 가득 있다 해도 나는 두려워하지 않을 것이다. 하물며 너희들은 사람이 아니냐?" 이 말을 들은 도적들은 칼을 버리고 그를 따라서 함께 예불을 드리게 되었다.

또 한 번은 현장이 또 다른 한 무리의 도적을 만난 적이 있다. 이들은 돌가천신(突伽天神)을 믿고 있었는데 매년 가을이 되면 단아하게 생긴 사람 하나를 죽여 그의 살과 피를 가지고 천신에게 제사를 지냈다. 그들은 현장의 용모가 준수하고 체격이 제사지내기에 적합하다고 생각하여 그를 죽여서 제사에 쓰겠다고 결심했다. 그러자 현장이 도적들에게 자신은 불법을 구하러 온 것이니 죽이게 되면 이로울 것이 없다고 경고하였다. 그러나 도적들은 이 말에 신경을 쓰지 않고 칼을 빼들고 현장을 제단 위로 끌고 갔다. 현장은 얼굴에 전혀 두려운 기색도 없이 제단 위에서 열 방향에 있는 부처님들에게 경배를 하고 오로지 마음속으로 자비로운 보살을 염송하였다.

그는 자신이 있는 곳이 제단 위라는 것을 깨닫지 못했고 또한 도적이 있다는 것도 염두에 두지 않았다. 그러자 갑자기 검은 바람이 사방에서 일어나더니 나무가 쓰러지고 모래가 날리며 강물이 소용돌이치고 배들이 뒤집혔다. 그러자 포악한 도적들도 크게 놀라며 자신들이 천신을 노하게 했음을 깨닫고 급히 현장에게 잘못을 뉘우치며 용서를 구했다.

이상의 일화들을 통해 우리는 현장이 불법을 돈독히 믿었을 뿐만 아니라 담력 또한 보통 사람이 미칠 바가 아님을 알 수 있다. 이는 『서유기』 속에 나오는 삼장과 비교할 수 없다.[8]

원숭이의 유래-『라마야나』

『라마야나』의 하누만

다음으로 원숭이의 유래에 대해서 알아보자. 『서유기』에 나오는 원숭이 형상의 근원은 인도 최고의 서사시인 『라마야나(Ramayana)』 속의 하누만(Hanuman)이라는 원숭이에서 찾아볼 수 있다. 원숭이의 경우는 인도 최고의 서사시인 『라마야나(Ramayana)』 속의 하누만(Hanuman)이라는 원숭이를 들수 있다. 이 원숭이는 공중을 비행할 수 있고, 몸을 늘였다 줄였다 할 수 있는 신통력을 지니고 있다. 여기에서 원숭이가 신통력을 가졌다는 것은 『서유기』에서 손오공이 신통력을 부린다는 것과 연결되는 맥락이다.

이런 연관성을 최초로 지적한 학자로는 호적(胡適)을 들 수 있다. 그는 중국에서 최초로 『라마야나』에 등장하는 하누만(중국이름 哈奴曼, 인도이름 Hanuman)이 『서유기』의 주요 등장인물인 손오공의 형상에 지대한 영향을 미쳤다고 언급하였다. 그는 『중국장회소설고증(中國章回小說考證)』[9]에서 신통력이 있는 원숭이의 이야기는 중국적인 것이 아니고 이것

최고의 신통력과 매이지 않은 자유 영혼을 지닌 우리의 주인공 손오공.

은 인도에서 전래한 것이라고 말하였다. 그리고 호적은 인도에서 10세기, 11세기 사이에 『합노만전기(哈奴曼傳記, Hanuman Nataka)』가 등장하였는데, 이것은 하누만이 기적을 행하는 희극이며, 중국과 인도의 오랜 문화 교류를 생각할 때에 하누만의 형상이 중국으로 전래되었을 가능성이 높다고 하였다. 또 하누만과 손오공의 공통점을 두 가지로 지적하였다. 첫째는 손오공이 화과산(花果山)에 사는 원숭이 무리의 왕이라는 점인데 이것은 하누만의 신분과 가까운 것이라고 하였다. 그리고 둘째는 손오공의 초기 형상이 나타나는 『취경시화(取經詩話)』의 백의수재(白衣秀才)와 하누만은 신통력뿐만 아니라 학문의 수준도 깊은데 이것도 서로 상통하는 점이라고 하였다.

그러나 위의 호적의 지적은 『라마야나』 내용을 면밀히 보았을 때 몇 가지 문제점이 있다. 첫째로 손오공이 원숭이의 왕이라는 부분을 하누만과 비교해 보면, 하누만은 수그리바(Sugriva)라는 원숭이 왕의 친애하는 네 신하 중 하나로서 바람의 신(son of fragrance-wafting wind)의 아들일 뿐이다. 그러므로 둘의 신분을 동일시하는 것은 문제가 있다. 그리고 둘째로 지적한 학자적인 모습의 동일성은 『라마야나』의 전체 내용으로 볼 때에 과연 하누만이 제대로 교육을 받았을지에 대해 언급이 없는 데에 비해 손오공은 오랜 시간의 학습기를 갖고 있다.

그런데 『라마야나』의 하누만과 『서유기』의 손오공의 연관 관계를 살펴보는데 가장 문제가 되는 부분은 이미 태전신부(太田辰夫, 오오타 타츠오)가 지적한 대로 이 두 작품의 시간성이다.[10] 『라마야나』는 기원전 2세기경에 완성된 후, 기원후 4세기경에 기록이 남겨졌고, 『서유기』의 초기 형태라고 할

『라마야나』에 나오는 하누만. 라마에게 경배하고 있다.

수 있는 『취경시화(取經詩話)』에 원숭이가 등장한 것이 송나라 때라고 한다면 이들의 시간 간격은 거의 600~700년 정도가 된다. 그러나 위에서도 언급했듯이 『라마야나』는 완성된 후에도 오랫동안 인도인들의 사랑을 받아왔기에 당·송대에 인도에서 중국으로 전해질 가능성도 있을 것이다.

그러나 보다 본질적인 문제는 힌두적 전통을 강하게 가진 『라마야나』와 불교적 색채가 강한 『취경시화』가 가진 종교적인 격절의 부분이다. 『라마야나』에 나타나는 기본 철학은 힌두교 철학이다. 그런데 이런 철학을 배경으로 가진 작품이 중국으로 전래되면서 이 기본 철학이 변화를 겪게 된다. 『라마야나』의 내용이 중국의 불교경전으로 흡수된 것이다.

이것을 보여주는 자료로는 『입능가경(入楞伽經)』『대도집경(大度集經)』『잡보장경(雜寶藏經)』 등이 남아 있다. 한마디로 인도와 중국이라는 지질학적인 거리, 그리고 몇 백 년이라는 시간의 힘은 종교적인 색깔을 퇴색시키고 새로운 색깔의 옷을 입혔다.

중국으로 건너온 하누만

중국으로의 수용이라는 측면에서 『라마야나』의 하누만과 『서유기』의 손오공을 비교할 때 손오공이 하누만을 수용한 부분을 지적해보자.

손오공이 수용한 부분으로는 첫째로 『라마야나』에서 하누만은 라마라는 주인공을 돕는 보조인물로 나온다. 이것은 손오공도 마찬가지이다. 손오공도 『서유기』에서 삼장(三藏)의 취경(取經)을 돕는 역할을 하고 있다. 작품 전체를 통틀어 볼 때 이 두 인물들이 중요한 업무를 수행하는 데 보조 역할을 할 뿐이지, 이들이 이야기 전체의 목적을 실현하는 존재는 아니라는 공통점이 있다.

　두 번째의 공통점은 이들이 보조인물임에도 불구하고 주인공들이 위험에 처하게 되면 가장 중요한 역할을 수행한다는 점이다. 하누만의 경우는 여주인공인 시타를 찾으러 적의 수도인 랑카에 가서 정보를 탐색하는 역할을 수행하는데, 이 역할은 『라마야나』 전체에서도 가장 중요한 부분이다. 마찬가지로 『서유기』의 손오공은 삼장을 비롯한 수행제자들이 위험에 처해 있을 때에 결정적인 힘을 발휘하는데 이런 면에서 두 인물은 공통점이 있다고 할 수 있다.

　셋째는 하누만의 신통력 부분이다. 하누만은 적을 만났을 때에 몸을 부풀리는 신통력을 발휘해서 위기를 모면하기도 하고, 바다를 건너갈 때에 높이 뛰어올라서 훌쩍 건너기도 하였다. 이와 마찬가지로 손오공도 변신술을 비롯한 여러 가지 신통력을 자유자재로 사용할 수 있는 재주를 가지고 있다. 그런데 중국소설사를 통틀어 보았을 때에 원숭이가 주인공으로 등장하는 경우는 당대(唐代) 전기(傳奇) 가운데에서도 『태평광기(太平廣記)』에 수록된 『보강총백원전(補江總白猿傳)』이라는 작품에서 나타난다. 그러나 이 작품의 내용은 부녀자를 겁탈하는 원숭이에 대한 이야기일 뿐이지 신통력을 지닌 원숭이의 모습은 아니다. 이처

원숭이의 특징을 그대로 간직한 『라마야나』의 하누만 얼굴.

럼 신통력을 부리는 원숭이의 등장은 중국소설사(中國小說史)에서는 아주 드물다고 할 수 있다.

이상과 같이 『라마야나』의 하누만과 『서유기』의 손오공은 그들의 존재 자체가 인간이 아니라 원숭이라는 면에서 숙명적인 연결점을 갖고 있다. 그리고 인도와 중국은 문화적·역사적으로 연결된 문화권이기 때문에 『라마야나』의 하누만의 형상이 중국으로 건너가서 어떠한 변용을 했을 가능성을 무시할 수 없을 것이다.

삼장법사 이야기와 원숭이 이야기의 결합

손오공의 성격 변화

당삼장의 여행기와 원숭이에 대한 이야기가 합쳐져서 최초로 『서유기』의 기본체제와 유사한 모습을 보이는 것은 장편소설의 전 단계인 평화소설(平話小說)인 『대당삼장취경시화(大唐三藏取經詩話)』와 일종의 연극대본인 잡극(雜劇) 「당삼장취경시화(唐三藏取經詩話)」에서 나타난다.

그런데 각각의 책에 나타나는 원숭이의 성격에는 약간의 차이가 있다. 그 차이를 살펴보자. 『대당삼장취경시화』에 나오는 원숭이는 외모로 봐서는 '흰 옷을 입은 수재(秀才)'이다. 그는 점잖고 예의바르게 행동하며 신통력 또한 대단하다. 그는 여행 중에 요마를 없앨 뿐만 아니라, 법사의 여러 가지 질문에 대해서 답변해 주는 고문이기도 하다. 그리고 마지막에 불경을 얻을 때에도 무리들을 진두지휘한다. 『대당삼장취경시화』에서의 원숭이는 불법의 이치를 아는 아주 종교적인 원숭이라고 할 수 있다.

그 이후 잡극의 단계에 이르게 되면, 원숭이는 요마의 성질이 더욱 강화된다. 그는 천상에 있는 복숭아와 금단(金丹), 선의(仙衣)를 훔치고, 또 공공연히 천병에게 저항하며, 여러 신들을 괴롭힌다. 잡극에 나타나는 손오공의 성품은 음험하고 여자를 밝힌다. 금정국(金鼎國) 국왕의 여자를 훔쳐와서 처로 삼았으며, 여인국(女人國)에서도 만약 금테 모자를 쓰지 않았다면 색욕을 거의 자제할 수 없었을 것이다. 그리고 화염산을 지날 때에는 철선공주와 음담패설로 겨루었다. 심지어는 사람을 먹어치울 생각까지 한다. 다시 말하면, 『대당삼장취경시화』에 비해서 종교적인 색채는 점차로 옅어지고 좀 더 요마적인 성격이 강화되고 있는 것이다.

그리고 100회본 『서유기』와 거의 동시대에 나온 것으로 보이는 『당삼장서유석액전(唐三藏西遊釋厄傳)』에 이르러 원숭이 손오공의 모습은 우리가 현재 알고 있는 손오공의 모습에 가까워진다. 곧 이전 단계 손오공에게 있었던 요마적인 성질, 즉 성품이 음탕하고 여자를 밝히는 부분은 사라지며, 반역적인 성질은 강화된다. 또한 묘사도 더욱 세심해진다. 그리고

100회본 『서유기』에서는 종교적인 성격과 요마적인 성격이 이전에 비해서 많이 줄게 된다.[11)]

결국 100회본 『서유기』는 이러한 문학 형식적인 실험을 거친 후에 비로소 나타난 것이다.

비슷한 시기, 비슷한 내용의 책 세 권

서유기 판본의 근원을 묻는다

오승은이 100회본 『서유기』의 작가인가의 문제와 상관없이 서유기 연구에서 재미있게 부각되는 점이 또 하나 있다. 그것은 『서유기』와 관계있는 책이 『서유기』가 출현한 시기 (대략 1500년대 중후반) 즈음에 두 권이 더 있었다는 점이다. 작자가 오승은으로 알려졌던 책은 명나라 시기 세덕당(世德堂)에서 새긴 것으로 이것은 모두 100회로 이루어져 있다. 우리가 일반적으로 『서유기』라고 지칭하는 것은 바로 이것이다. 이것을 통상 세덕당본 『서유기』 혹은 100회본 『서유기』라고 말한다.

그런데 이러한 형식을 갖춘 소설 『서유기』는 100회본 이 외에도 주정신(朱鼎臣)이 편집한 68회본 『당삼장서유석액전(唐三藏西遊釋厄傳)』과 양치화(楊致和)의 41회본 『서유기전(西遊記傳)』이 더 있었다. 이 두 권 중에서 『당삼장서유석액전』은 1920년대 말에 발견되었기 때문에 뒤늦게 학자들의 연구대상이 되었다. 이 세 권의 책 중에서 어떤 책이 가장 처음 판본인가가 최근 판본 논쟁에서 가장 첨예하게 부각되는 문제점이다.

왜 이런 부분에 관심을 두느냐 하면 서로 간의 영향관계를 명확히 하고 싶어서이다. 가장 먼저 나왔다는 것은 서적의 역사에서는 중요한 사실이기 때문이다.

100회본 『서유기』가 과연 최후의 결정본이며 나머지 두 권이 『서유기』의 먼저 판본이었는가, 아니면 100회본 『서유기』가 먼저 나타난 이후에 나머지 두 권이 나타났는가 하는 것이 문제의 핵심인 것이며, 또한 나머지 두 권의 선후문제도 역시 논란의 대상이 되고 있다.

세덕당본 『서유기』의 작가가 희미한 것에 비해서 『당삼장서유석액전』이나 『서유기전』의 작가는 비교적 명확하다. 양치화의 『서유기전』은 명대 것으로 밝혀진 『사유기(四遊記)』안의 한 부분으로 실려 있다. 그리고 그 책 제목 표지에 쓰여진 '제운 양치화편(齊雲 楊致和編)'이라는 구절이 이 책이 양치화에 의해 쓰여졌다는 추측의 근본적인 동기가 되고 있다.

그리고 주정신이 지은 것으로 전해지는 『당삼장서유석액전』은 1920년대 말에 일본의 촌구서점(村口書店)에서 발견되었다. 이 책은 아주 드문 희귀본이다.

이들 책들은 출간된 시기가 정확하게 밝혀져 있지 않기 때문에 서로 어떤 책이 먼저 출간되었는지가 요즘 중국학계의 관심사이다. 그런데 세덕당본을 제외한 두 권의 책의 내용은 그 질이나 묘사 부분에서 세덕당본에 미칠 수가 없다. 문제는 이렇게 엉성한 구조의 두 권이 나온 이후에 세덕당본이 나왔는가 아니면 세덕당본이 나온 이후에 이 책의 유명세를 타고 나머지 두 권이 나왔는가 하는 것이다. 특히 양치화본과 세덕당본 간의 선후논쟁은 그 양상이 치열한 바가 있다(세덕당본은 세본이라고 하고 양치화본은 양본이라고 하자).

『서유기』의 판본에 관한 문제를 다룬 최근의 학자로는 진감(陳澂)과 진신(陳新)을 들 수 있다. 진감은 「서유기 판본의 근원을 묻는다(西遊記版本源流探幽)」[12]에서 세본-양본의 순서를 주장하였고, 진신은 「서유기판본의 선후에 관한 하나의 가설(西遊記版本源流一個假說)」 등의 논문[13]에서 양본-세본의 순서를 말하면서 각각 세본과 양본을 『서유기』의 처음 판본이라고 하였다.

세덕당본이 최초이다

진감은 양본과 세본 중에 세본, 즉 100회본 『서유기』가 처음 판본이라는 증거를 다음과 같이 세 가지로 정리한다.

첫째, 양본은 내용과 문장이 거칠고 조잡한 데 비해서 세본은 내용의 방대함과 글솜씨·상상력·창조력에서 양본과 비교할 수가 없다. 만약 세본이 양본에 바탕을 두었다면 곳곳에서 양본에 매인 흔적이 보여야 하는데 그런 흔적이 없다.

둘째, 세본의 제11회에서는 현장의 출신에 대해서 24구의 시어(韻語)가 등장하고, 모두 격률에 맞으며 정련된 문장임에 비하여 상응하는 양본에는 형식이 시어(韻語)가 아니고 서술성의 산문어이다.

셋째, 세본에서는 한 회 분량의 이야기를 양본에서는 다섯 글자로 표현했다. 이것은 세본의 작가가 다섯 글자를 가지고 이야기를 늘린 것이 아니라 양치화가 분량을 삭제해서 간단히 고쳤다고 보는 것이 더 정확할 것이다.

필자는 진감의 의견에 대해 그의 지적은 논증의 근거가 미약하다고 본다. 첫 번째에 대해서 양치화가 모자라는 글솜씨로 세덕당본을 보고서 베꼈다고 하지만, 그것은 다시 생각한다면 세본 작가의 글솜씨가 뛰어날 경우 양치화의 난잡한 처음 판본을 가지고도 얼마든지 자신의 상상력을 발휘할 수 있는 것이다. 두 번째에 대해서는 양본이 세본의 운문(韻文)을 베껴서 산문화했다고 했는데 운문(韻文)을 가지고 산문을 만드는 과정이나, 산문을 가지고 운문을 만드는 과정 자체에서 작품의 선후문제를 증명할 수는 없다. 그리고 세 번째 부분은, 소설이란 상상력의 소산이기 때문에 세본의 작가가 능력만 있다면 다섯 자를 가지고 그것을 확대해서 하나의 이야기를 만드는 것은 큰 어려움이 아닐 것이다.

아니다! 양치화본이 최초이다

여기에 대해서 진신은 앞에서 설명한 진감의 주장에 대해서는 의견을 달리하고 있다. 진신은 양본이 가장 처음 판본이 되며 이 판본을 바탕으로 해서 세본이 나왔다고 한다. 그리고 양본이 세본보다 먼저 나왔다는 근거를 다음과 같이 두 가지로 들고 있다.

첫째 양본 자체를 볼 때 여상두(余象斗)가 양본을 『사유기(四遊記)』에 집어넣었을 시기가 만력 20년[만력(萬曆)은 명나라 시대의 연호이다. 1593년] 전후이므로 양본은 이것보다 먼저 나왔을 것이다. 그러므로 양본이 나온 시기는 적어도 그 이전이다.

둘째 양본에 나타나는 문체는 원대(元代)나 원(元) 이전인 『대당삼장취경시화』 등에서 쓰인 문체와 거의 일치한다. 그러므로 양본은 명대 이전의 작품이다.

그러나 필자는 진감의 논증이 미약하다고 본 것처럼 진신의 의견에 대해서도 그 논증이 미약하다고 본다. 즉, 첫 번째의 경우 양본이 만력 20년 이전에 쓰여졌다고 해도 그것만 가지고는 양본이 세본보다 먼저 쓰여졌다는 증거가 될 수 없다고 보며, 둘째의 경우 문체에 대한 지적은 양본의 시대성을 추정할 수 있는 구체적인 논거를 들어서 증명한 것이 아니기 때문에 큰 타당성을 가진다고 볼 수 없다.

5 장 —— 『서유기』의 소설사적 가치
西 遊 記

환상적 세계의 새로운 질서

판타지 문학작품 — 「서유기」

요즈음 판타지 문학의 대표작인 『반지의 제왕』을 재미있게 읽었고, 영화로 만든 3부작도 보았다. 『반지의 제왕』을 보고 있으면 『서유기』 생각이 절로 난다. 판타지 문학작품이란 아마도 인간세상을 벗어난 환상적인 세상에서 일어나는 이야기를 서술한 작품을 지칭하는 것일 것이다.

『서유기』의 가장 큰 특징은 내용 중에 여러 가지의 세계가 나타난다는 점이다. 그 세계의 성격은 별도로 치더라도 형식적인 면에서 『서유기』는 판타지 문학작품의 외피를 입고 있다. 이것은 『서유기』가 동시대의 다른 소설 — 『삼국연의』 『수호전』 『금병매』 — 과 크게 다른 점이다.

『서유기』는 그런 면에서 중국소설사에서는 분수령을 이루는 소설이다. 분수령이란 가장 꼭대기라는 의미를 가지는데, 『서유기』 이후에는 이 책에 필적할 만한 소설이 나타나지 않고 있다. 그래서 '낭만문학의 선봉'이라든지 '초유의 모험소설'이라는 여러 가지 칭찬이 잇따르고 있다.

『서유기』의 가장 큰 특징은 바로 인간이 상상할 수 있는 여러 세계를 거침없이 묘사해서 하나의 커다란 그림—판타스틱 세계—을 보여주었다는 점이다. 중국소설 중에 현대에 이르기까지 이만한 규모의 세계상을 보여준 소설이 있었던가? 『서유기』는 공간을 묘사한 부분에서 불교에 나타나는 무애(無碍—장애 없음)를 보여준 소설이다.

그런데 이 환상적인 세계의 내부를 들여다보면 이것은 사정이 좀 다르다. 『서유기』 내부의 세계를 살펴보자. 『서유기』에 나타나는 세계란 평면 단위의 세계가 아니라 입체적인 세계라고 할 수 있다. 이 입체적인 세계에는 '이 세상'과 '저 세상'이라는 단순한 도식으로 표현할 수 없는 다양한 세계가 공존하고 있다. 『서유기』에서는 천상의 세계 안에도 더 작은 단위의 세계들이 있었다. 지상의 세계도 단순히 인간들만의 세계가 아니라 요마가 인간과 함께 사는 세계도 있었고, 요마들이 자신들만의 세계를 만들어서 생활하는 경우도 있었다. 지하세계도 마찬가지였다. 당송(唐宋) 시대에 자주 등장하던 용궁을 비롯한 명부(冥府)세계도 명나라 시기에 이르면 구체적인 세부묘사를 통해 좀더 뚜렷한 세계를 구축하고 있었다.

주인공들에게 나타나는 세계의 질서

이런 다양한 세계를 여행하는 주인공들에게 이 세계는 어떻게 비칠까?

손오공은 삼장과 더불어 여행을 떠나기 전에 여러 세계를 돌아다닌다. 그는 특히 천궁에서 거드름을 피우면서 대접받기를 원했다. 이에 옥황상제는 그의 능력을 두려워하여 필마온(弼馬溫)이라는 직책을 내려서 그의 환심을 사려고 한다. 그러나 손오공은 필마온이라는 직책이 사소한 직책임을 알고는 천궁을 발칵 뒤집어놓는다. 그리고 명부세계에 가서는 자신의 수명이 적혀 있는 명부록(冥府錄)을 찢어버린다. 그에게 천상세계나 지하세계는 별로 대단할 것 없는 존재들이 살고 있는 별 볼일 없는 세계였다. 물론 이후에 여래(如來)보살에게 잡히게 되지만, 그가 '저 세상'에서 보여주는 자세는 다분히 '냉소적'이었다.

이런 손오공에게 천상세계의 질서나 지하세계의 질서의 구분은 의미가 없다. 왜냐하면 『서유기』에 나타나는 다양한 세계와 이에 상응하는 각각의 세계질서가 손오공에게는 '통합적인 질서'로 인식되었으며, 손오공은 이들 세계의 질서를 분리된 세계의 질서로 인식하지 않고 있기 때문이다. 사실 손오공뿐만 아니라 동물적 속성을 일부분씩 가지고 있는 삼장의 나머지 제자들의 세계에 대한 인식도 손오공과 마찬가지였다. 그들에게 천상이나 지하세계의 질서는 삼장을 모시고 가는 여행길의 질서와 별다른 차이가 없었다.

특히 손오공에게 이런 태도가 두드러지게 나타난다. 삼장에게 구원을 받은 후 인간인 삼장의 보조에 맞추어서 먼 여행길을 떠나야만 했던 손오공에게 세계는 여행길을 떠나기 전과 마찬가지로 변함없는 세계다. 그러나 그가 한 발 한 발 움직여 가야만 하는 세계는 천상세계도, 명부세계도 아닌, 인간 삼장이 여행하는 여행의 세계였다. 이 여행의 세계는 인간세계를 중심으로 해서 요마의 세계나 천상의 세계가 곳곳에 겹쳐지는 세계, 다시 말하자면 인간의 세계가 다른 세계들을 '끌어당기고 있는 세계'였던 것이다.

그뿐만 아니라 손오공이 머리에 쓰고 있는 금테 모자도 『서유기』에 나타나는 '이 세상'과 '저 세상'의 상관관계를 상징적인 형태로 설명해 주는 물건이다. 이 금테 모자는 『서유기』의 제14회에서 관음보살이 삼장에게 하사한 물건이며, 삼장은 이 모자를 손오공의 머리에 씌워 손오공을 제압할 수 있었다. 겁 많고 능력 없는 인간인 삼장을 '이 세상'을 대표하는 상징적인 인물로 보고, 천상을 마음껏 돌아다니던 모자를 쓰기 전의 손오공을 '저 세상'을 상징하는 인물로 상정해보자. 손오공은 금테 모자를 씀으로써 여행을 본격적으로 시작하게 되었으며, 이 여행의 세계는 삼장이 금테 모자를 조절하는 주문을 외움으로써 손오공을 제압하는 세계가 된다.

이런 경우를 통해 유추해 보건대 『서유기』에 묘사된 '이 세상'과 '저 세상'은 내면적인 논리로 보면 대등하게 공존하는 세계가 아니라 '이 세상'이 '저 세상'을 제압하며, '이 세상'이 '저 세상'의 질서를 끌어당기는 모습을 그려내고 있다. 그리고 그렇게 형성된 세계의 본질은 '세속화'된 세계이다. '세속화'는 '통합적 질서'를 가진 세계의 내적인 핵이라고 할 수 있다.

이런 현상은 삼장의 제자들뿐만 아니라 천상과 직접, 혹은 간접적인 연관관계를 맺고 있는 요마들의 경우에도 역시 마찬가지였다. 이런 대표적인 요마로서는 천상에서 살다가 하계가 그리워 지상으로 내려온 '사범하계(思凡下界—범인들이 사는 세상이 그리워서 인간세상으로 내려오는 경우를 지칭)' 형의 요마들이나, 천상 존재들이 자신의 부하를 일부러 요마로 만들어서 지상으로 파견한 경우를 들 수 있을 것이다. 이 요마들은 자신들이 마음만 먹는다면 천상세계에서 아무런 장애 없이 지상세계로 내려올 수 있었다.

이뿐만 아니라 철선공주 나찰녀(鐵扇公主 羅刹女)의 아들인 홍해아(紅孩兒)처럼 지상에서 요마 노릇을 하다가 운좋게 천상으로 영전되는 요마들에게도 세계는 '통합된 질서'가 지배하고 있었다. 이런 이유로 이 요마들은 다른 세계를 오가는 데 아무런 장애도 거리낌도 없었던 것이다. 그렇기 때문에 『서유기』의 복합적인 세계 속에서는 사람과 사람 간의 접촉뿐만 아니라 인간과 요마, 그리고 동물적 존재와 요마들과 같이 서로 이질적인 존재들 간의 교우가 자연스럽게 이루어지고 있다.

마찬가지로 『서유기』 속의 특정 인간에게도 이런 질서가 나타나고 있다. 이런 예로서 당 태종(唐 太宗)의 승상인 위징(魏徵)을 거론할 수 있다. 위징은 인간세계의 존재이지만 '저 세상'도 드나들 수 있는 인물이다. 위징은 특히 명대 이전의 소설에서 나타나는 인물들과는 다른 점을 가지고 있다. 이전 시기의 소설 속에 나타나는 특정한 인물도 '저 세상'을 드나들 수는 있었다. 그러나 이들에게 '이 세상'과 '저 세상'은 다른 질서가 지배하는 세계이다. 그렇기 때문에 '저 세상'에서 하는 어떤 행동도 '이 세상'에 직접적인 영향을 미치지 않는다.

그러나 위징은 이들과 다르다. 위징이 '저 세상'에서 하는 행동은 '이 세상'에까지 직접적인 영향을 미친다. 위징이 '저 세상'에서 경하(涇河) 용왕의 머리를 베자, 이 용왕의 머리가 '이 세상'에 그대로 나타난다. 위징에게 '저 세상'과 '이 세상'은 똑같은 질서가 지배하는 세계였으며, 그렇기 때문에 어느 세계에서 어떤 행동을 하든 그 행동의 영향은 일관되게 나타나고 있다.

천상의 관음보살이나 태상노군(太上老君) 같은 존재들에게 세계의 질서는 마찬가지로 나타나고 있다. 이들은 손오공 일행이 요마와 싸우다가 힘이 모자라 도움을 요청하면 언제나 지상의 여행길에 나타났다. 심지어 관음보살은 사람들이 모여 있는 곳에 버젓이 현신(現身)해서 많은 사람들이 그의 모습을 뚜렷이 목격하는 경우도 있었다. 『서유기』 출현 이전의 종교적인 문헌에서 관음보살이 특별한 개인에게 은밀히 나타나거나, 꿈속에서 불심이 깊은 신도에게 예언을 하는 경우는 있었지만, 여기에서처럼 대낮에 일반 대중에게 나타나는 경우는 없었다.

그뿐만 아니라 요마들과 삼장의 제자들이 옥화성(玉華城)에서 먼지를 일으키면서 싸움을 하였는데 이 광경을 사람들이 모두 보고 있는 경우도 있었다. 또한 손오공에게 자신의 정체가 탄로난 천축국(天竺國)의 옥토끼는 성 안의 온 백성들이 보고 있는 가운데 그와 격렬한 싸움을 한다. 관음보살이나 이런 요마들에게는 자신들이 거주하는 세계의 질서와 인간 세계의 질서는 양립해서 존재하는 두 개의 질서체계가 아니었던 것이다.

입체적 세계상

『서유기』에 나타나는 세계는 단면적인 세계가 아니라 입체적인 세계이며 여기에 발휘되는 상상력은 단선적인 상상력이 아니라 복합적인 상상력이다. 결국 오랜 역사적 숙성과정을 거쳐 이룩된 복합적인 상상력이 구축해낸 『서유기』의 입체세계에서 중심을 이루고 있는 세계는 천상의 세계도 지하의 세계도 아닌 삼장을 중심으로 하는 인간세계이다.

이것은 아마도 『반지의 제왕』에서도 마찬가지일 것이다. 『반지의 제왕』에 나타나는, 시간을 초월한 요정세계, 그리고 고난의 여행길 등등 가지가지의 공간은 눈부시다. 그러나 그 속에서 일어나는 사건들은 무엇인가? 그것은 주인공들의 사랑과 갈등 그리고 숙명과 자유의지 등등, 인간세계에서 일어나는 여러 가지 이야기를 다른 공간에서 보여주고 있는 것에 불과할 뿐이다.

다시 말하자면, 판타지문학에 나타나는 다양한 세계의 외피를 살짝 들추어 보면 그 안의 세계, 그 세계의 질서는 인간세계의 질서를 따르고 있음을 알 수 있다. 내적인 질서가 그렇다고 치더라도 우리는 이런 판타지문학이 보여주는 화려하고 다양한 세계를 보면서 황홀해 하면서 잠시 동안만이라도 다른 세계에 다녀올 수 있다. 비록 그 속에서 전개되는 이야기가 생과 사를 가르는 무자비한 투쟁과 사랑과 배신으로

얼룩진 치정극일지라도 우리는 이런 세계에서 잠시 지구를 떠날 수 있는 것이다. 이것만으로도 판타지문학의 존재 이유는 충분하지 않은가?

선악이 섞여 있는 재미있는 인물형의 제시

통합적인 인물형

『서유기』의 또다른 특징을 들면 『서유기』에는 재미있는 인물형이 등장한다는 것이다. 성격이 불 같은 손오공, 내성적이고 무능한 삼장, 욕심 많은 저팔계 등등. 명나라 이전의 소설 문헌에서 착한 인물은 어디까지나 착한 인물이었으며 악한 인물도 또한 마찬가지였다. 그리고 대부분의 소설 작품의 주인공들은 착한 인물이었다. 악한 인물은 착한 인물의 행위나 품성을 돋보이기 위한 장식품에 지나지 않았던 것이다. 그러나 이 시기의 소설에서는 전혀 다른 양상을 보여주고 있다. 특히 『서유기』에 나타나는 인물들에게서는 이런 양상이 두드러진다. 악한 인물도 눈물을 흘리고, 착한 인물도 신경질을 부리고 있다. 『서유기』가 만들어낸 세계 속에서 각각의 인물들은 단면적인 인물들이 아니라 '새로운 인물'로서 등장하고 있다.

만약 '통합적 질서를 가진 세계'를 여행하는 인물들이 단면적인 성격을 지녔다면 『서유기』는 현재의 『서유기』가 되지 못했을 것이다. 왜냐하면 여러 세계의 각기 다른 질서를 소통 가능한 질서로 만들어내야만 하는 인물이란 단면적인 성격을 지닌 편협한 성격이어서는 곤란했기 때문이다. 『서유기』의 인물들은 마치 뜨개질에 쓰이는 대바늘처럼 여러 세계의 상이한 질서를 소통시켜야만 했으며, 그렇기 때문에 그들은 여러 세계의 질서 속에서도 숨쉴 수 있는 다면적인 성격을 지니는 것이 어쩌면 당연할 수도 있다. 『서유기』에 나타나는 인물들에서 볼 수 있는 '통합적 인물'은 이처럼 '통합적인 세계'와 밀접한 연관을 가지고 있고, 이런 '통합적인 인물'로 인해서 이야기는 다채로울 수 있었으며 거대한 편폭의 100회본 『서유기』가 출현할 수 있었다.

복합적인 성격, 넘치는 개성

이 인물들은 하나하나가 이전의 소설에 등장하던 주인공들처럼 권선징악을 실천하는 착한 인물이거나 모범적인 인물들이 아니라, 개성이 강한 '재미있는 인물'들이었다.

이런 대표적인 예로서는 삼장과 손오공이 두드러진다. 『서유기』에서 경전을 구하러 가는 가장 핵심인물인 삼장의 경우를 보자. 그는 불교의 성직자라는 외부 직함이 주어져 있음에도 불구하고 그는 겁쟁이이며 줏대가 없는 인간이다. 여행길에서 요마가 등장했을 때, 그는 앞장 서서 요마와 맞서면서 길을 개척해 나아가는 인간이 아니라 제자들의 뒤에 숨어버리거나, 다른 천상 존재의 도움만을 바란다. 그는 모든 난관을 스스로 헤쳐나가는 '용감한 주인공'과는 거리가 멀다. 그는 비겁한 인물이면서도, 자신의 비겁함을 수긍하려고 하지 않는 지극히 평범한 인간의 면모를 지니고 있다.

삼장의 첫 번째 제자이며 제자들 가운데에서 능력이 출중한 손오공도 역시 '완벽한 주인공'과는 거리가 멀다. 그는 원숭이라는 동물 성격을 그대로 가진 인물이며, 어떤 존재에 대해서도 절대적인 충성의 자세를 가지고 있지 않다. 그는 자신이 모시고 가는 삼장의 약점을 지적하면서 어찌 보면 규율을 흐리는 행동을 서슴지 않고 행한다. 그 결과 여러 차례 삼장의 노여움을 사서 화과산으로 쫓겨가게 되기도 하지만, 그는 끝내 삼장에게 절대적인 충성을 바치는 것이 아니라 적당한 간격을 유지하는 '관찰자적인 자세'를 견지한다.

그는 삼장의 부족함에 대해서 정확히 충고하고, 또한 요마의 함정에 빠졌을 때에 영문을 모르고 있는 삼장에게 당위성의 인과관계를 설명한다. 심지어 그는 삼장뿐만 아니라 관음보살에게조차 '관찰자적인 자세'를 유지한다. 관음보살은 손오공이 여행길에서 어려움에 처했을 때에 언제나 구원의 손을 내밀어 주는 고마운 존재이고, 손오공에 비해 능력이 한 수 위인 신적인 존재이다. 그럼에도 손오공은 그에게 절대 복종하거나 모든 것을 맡기지 않는다. 그는 관음보살의 모습을 조용히 관찰하면서 자기 나름대로 판단의 잣대를 세우고 있었다.

그에게 수직적인 계급질서는 별 의미를 주지 못하고 있다. 또한 손오공이 세계를 바라보는 자세는 참과 거짓으로 구분되는 잣대에 대한 무조건적인 긍정이 아니라 조건적인 긍정의 모습이었다. 다시 말하면, 그는 참이란 것이 진정한 참인가, 혹은 거짓이란 것이 진정한 거짓인가에 대한 의심의 시선을 견지한다. 이것은 사실을 사실 자체만으로 보는 것이 아니라 그 속에 내재되어 있는 또 다른 진실을 보는 자세일 것이다.

이와 같은 복합적 성격은 주인공 일행뿐만 아니라 요마들에게서도 자주 발견된다. 특히 가족을 이루고 있는 우마왕 가족들에게서는 이런 모습이 종종 나타난다. 우마왕 가족 중에 어머니격이라고 할 수 있는 나찰녀는 악독한 요마로서, 삼장 일행이 화염산을 지나갈 때 그들에게 파초선을 빌려주지 않았다. 그러나 다른 한편으로 그녀는 자식에 대한 사랑이 각별

해서, 특히 자신의 자식인 홍해아가 손오공에 의해 부처님의 제자가 되어 자기 곁을 떠나버렸기 때문에 손오공에게 더 깊은 원한을 품는 모습을 보여주기도 한다. 또한 우마왕의 남동생인 여의진선도 조카인 홍해아의 소식을 듣고서는 눈물을 흘린다.

흥미로운 것은 천상의 신격들도 삼장 제자들과 마찬가지로 '재미있는 면모'를 보여준다는 사실이다. 특히 관음보살은 불교 경전에서는 중생을 고통에서 구해주는 역할을 맡고 있지만, 『서유기』에서는 불교 경전에 등장할 때보다 더 다면적인 모습으로 나타난다. 그는 요마가 자신의 모습으로 변해서 보살 노릇을 한다는 소식을 듣고는 화를 내기도 하고, 때로는 거처에서 바삐 나오느라고 허둥거리기도 한다. 그는 완벽한 보살의 모습이 아니라 실수도 하는 인간의 모습에 좀더 가깝다. 관음보살뿐만 아니라 태상노군도 도가 경전에서 묘사하고 있는 온화한 신선이 아니다. 그는 손오공을 만나게 되면 성격이 옹졸한 할아버지가 되어버린다. 또한 옥황상제도 어떠한 상황에서도 흔들리지 않는 완벽함을 보이는 것이 아니라, 손오공이 천궁에서 난동을 부린다는 소식을 듣고서는 그를 처치할 방법을 몰라서 허둥대는 모습을 보인다.

그렇다면 이들을 통해 우리가 알 수 있는 바는 무엇일까? 『서유기』에 나타나는 인물들이란 선하기만 하거나, 혹은 악하기만 한 일면적인 모습을 가지고 있지 않다는 점이다. 이들 인물들은 선해 보이는 표면 속에 악한 일면을 가지고 있으며, 악해 보이기만 하는 표면 속에 선한 심성을 지니고 있었다.

이것은 바로 이전에 대립된 개념으로 여겨졌던 선과 악이라는 두 개의 명제가 통합된 결과라고 볼 수 있을 것이다. 이것은 또한 더 나아가서 이제 소설가는 현상의 한쪽 면만을 보는 것이 아니라 다른 면도 바라볼 수 있는 시선을 지니게 된다. 그렇기 때문에 소설가는 인간을 성선설이나 성악설의 일면적인 모습만을 주장하지 않고, 존재들 자체가 복합적인 요소를 지니고 있다고 말하고 있다. 그들은 이제 인간을 선적인 속성과 악적인 속성을 모두 가진 '통합적 인물'로 인식하고 있었던 것이다.

돈키호테

손오공과 저팔계와 같은 『서유기』의 주인공들은 마치 돈키호테처럼 다면적인 성격을 지니고 있었다. 서구 소설의 역사에서 『돈키호테』라는 작품은 문학사적으로 획기적인 의의를 지닌 작품이다. 『돈키호테』 이전의 소설작품에 등장하는 소설의 주인공이란 '영웅적인 주인공'이다. 이 '영웅적인 주인공'은 보통의 인간보다 월등한 능력을 지니고서 주어진 사명을 완수하기 위해 여러 가지 불리한 환경을 극복해 나간다.

그러나 돈키호테는 다르다. 그는 위대한 이상을 가지고 있지만 현실은 그를 받아들이지 못하고 있다. 그래서 그는 '초라한 영웅'이지만 한편으로는 '문학적인 영웅'이다. 돈키호테의 내면에는 악한 자와 선한 자가 함께 있었으며, 성자와 신성모독자가 동시에 살고 있었다. 그는 인간이 지닌 다면체적인 인격을 구현해낸 인물이었다. 돈키호테와 마찬가지로 손오공도 다면적인 인격의 소유자이다. 그는 겉으로는 삼장을 모시고 그에게 순종하는 듯하지만 내심으로는 삼장의 인격을 의심한다. 그리고 자신을 구원해준 여래에게는 구해준 보답으로 사명을 완수하겠다고 하지만 내심으로는 여행길을 벗어날 생각을 하고 있다.

저팔계는 어떠한가? 그는 말할 것도 없이 '욕망의 발산자'일 뿐만 아니라 성격적인 면에서 '완전함'과는 거리가 멀다. 그는 끊임없이 불만을 토로하고 기회가 있을 때마다 일행에서 벗어날 생각만 한다.

이처럼 '다면적 성격'을 지닌 주인공들의 등장은 동양과 서양을 막론하고 소설의 내용을 다채롭게 해주었을 뿐만 아니라 더 나아가 그들은 소설이 문학의 범주 내에서 가장 중요한 장르로 발돋움할 수 있도록 해준 일등공로자들이라 할 수 있다.

다른 소설에 미친 영향 – 「금병매」 「홍루몽」 「유림외사」

　『서유기』에 나타나는 선과 악의 양면성을 지닌 '통합적 인물'에 대한 묘사는 『서유기』뿐만 아니라 『금병매』에도 나타나고 있으며, 이것은 또한 청나라 시대에는 『홍루몽』이나 『유림외사』에 영향을 미쳐서, 이들 작품에서 이런 인물에 대한 묘사를 발견할 수 있다.

『금병매』

　우리는 일반적으로 『금병매』를 성애를 표현한 소설로 알고 있다. 물론 『금병매』에서 이런 묘사가 두드러지기는 하다. 그러나 여기에 묘사되는 인물의 이중성은 『서유기』에서 말하고 있는 '통합적 인물'과 맥을 같이 한다. 이런 대표적인 인물로서 서문경(西門慶)과 춘매(春梅)를 들 수 있다. 서문경의 경우는 특히 이중성이 두드러진다. 그는 외부로는 높은 벼슬을 지닌 사회 지도층 인사이지만, 내실은 반금련(潘金蓮)을 차지하기 위해 그녀의 남편인 무대(武大)를 독살하는 악당이다. 그리고 이런 일을 저지르고도 그는 비열한 타협을 통해 아무런 형벌을 받지 않고 살아간다.

　또한 서문경은 색욕에 미혹되어 다섯 명의 첩을 두지만, 자신과 다르게 정절을 지키는 오월랑(吳月娘)에 대해서는 그녀의 덕을 칭송하기도 한다. 서문경의 마음속에는 전통적인 도덕과 반윤리적인 욕망이 같이 들어 있었다. 한편 춘매는 버젓이 한 집안의 부인임에도 불구하고 손설아(孫雪兒)를 사서 그녀를 욕보이고, 다시 술집에 창기로 팔아버린다. 왜냐하면 손설아로 인해 춘매 자신과 정을 통하고 있었던 진경제(陳敬濟)가 수모를 당했기 때문이다.

이처럼 『금병매』에 묘사되는 남녀 주인공들은 유교적인 가치 기준의 군자나 열부가 아니라 모략을 일삼는 음탕한 남녀일 뿐이다. 그들은 외면적인 직위나 도덕률을 무시하고 내면적인 욕망에 충실한 존재들이었으며, 겉과 속이 다른 이중적인 인물들이었다.

『홍루몽』

『홍루몽』에서도 『서유기』에 보이는 선적인 속성과 악적인 속성이 섞여 있는 '통합적 인물'에 대한 통찰이 있다. 이 소설의 주인공인 가보옥(賈寶玉)은 겉보기에는 화려하고 사치스런 귀족생활을 영위하고 있다. 그러나 그의 내면심리는 겉보기와는 다른 양상이었다. 그는 외면적으로는 하나도 남부러울 것이 없는 공자(公子)로서 금릉십이차(金陵十二釵)라는 열두 미녀와 같이 생활을 한다.

그러나 그는 내면적으로는 걱정이 끊이지 않으며 애정생활도 원하는 대로 진행되지 않는다. 가보옥은 사랑하는 임대옥(林黛玉)과 결혼하고 싶어하지만 집안 어른들의 모략으로 설보차(薛寶釵)와 혼인하게 된다. 가보옥의 부모는 보옥과 대옥이 사랑하는 사이든 말든 간에 자신의 집안에 적합한 며느리를 맞이하려고 한다. 이런 사건의 여파로 인해 임대옥은 병에 걸려 죽고 만다. 가장 완벽해 보이는 가보옥이 가장 큰 슬픔을 지니고 있었던 것이다. 그는 개미처럼 단선적인 인생을 사는 것이 아니라, 다면적인 존재로서 여러 가지 인생의 고비를 넘어가야만 했던 것이다.

『유림외사』

한편 『유림외사』에 등장하는 인물들 가운데에는 『서유기』에서 단초를 보이고 있는 겉과 속이 일치하지 않는 인물과 그런 세계의 모습이 좀더 구체화되어 나타나고 있다. 『유림외사』에서 묘사하고 있는 세계는 선과 악, 옳고 그름이 뒤집혀진 세계이며, 공을 세운 사람이 도리어 핍박을 받고 올바른 이상을 추구하는 사람이 웃음거리가 되는 그런 세상이었다.

그런 예로써는 일종의 탐관이라고 불릴 수 있는 왕혜(王惠)를 들 수 있다. 제2회[14]에 등장하는 왕혜는 진사(進士)에 급제한 뒤 남창부(南昌府)의 지사로 부임한다. 이때 업무를 인수인계하는 과정에서 왕혜가 내심 알고 싶어했던 것은 그 지역의 경제상황이었다. 그리고 그는 지위를 이용해 업무를 가

혹하게 처리하면서 자신의 부를 축적한다. 그러나 그에 대한 상부의 평가는 "강서에서 제일가는 능력 있는 태수(江西第一個能員)"라는 칭찬이었다. 이처럼 강직하고 성실한 사람보다 탐관오리가 높은 평가를 받는 것은 바로 현실세계의 이중성에 대한 작가의 인식을 나타내고 있는 것이다.

또한 제4회에 등장하는 혜민(慧敏)이라는 승려의 모습에서 우리는 『서유기』에서 보이는 이중적인 성격의 관음사 주지를 떠올리게 된다. 혜민은 사원전(寺院田)을 소작하는 하미지(何美之)라는 사람으로부터 소금에 절인 돼지다리를 안주로 술을 받아 마신다.

> 오늘 특별한 일이 없는 것 같은데 저의 집으로 가십시다. 더군다나 스님께서 그 전에 삶아서 소금에 절인 돼지 뒷다리가 아직도 부엌에 있습니다. 기름은 벌써 다 빠졌고, 제가 담가놓은 술도 잘 익었습니다.
>
> 今日無事且到莊上去坐坐. 況且老爺前日煮過的那半隻火腿弔在竈上已經走油了. 做的酒也熟了. (42쪽)

이렇게 계율을 어기는 생활을 함에도 불구하고 겉으로는 근엄한 승관(僧官)으로서 망자의 제사를 주관하였다. 그뿐만 아니라 현감인 탕봉(湯奉)은 자신을 찾아온 장사륙(張師陸)과

범진(范進)이 돈을 요구할까봐 지레 걱정하면서도 겉으로는
극진히 그들을 대접하는 척한다.

> "장형은 그 동안 여러 번 와서 돈을 얻어 갔는데, 정말 귀찮군.
> 그런데 이번에는 새로 급제한 제자와 같이 왔으니 물리칠 수도
> 없고 ……."
> 張世兄屢次來打秋風, 甚是可厭. 但這回同我新中的門生來見, 不好
> 回他. (48쪽)

여기에 등장하는 인물들은 앞의 소설의 주인공들과 마찬
가지로 겉으로는 유가적인 군자의 모습 혹은 종교인의 모습
을 하고 있지만, 내적으로는 명리를 추구하는 개인적 욕망을
감추지 못하고 있는 '통합적 인물'의 한 전형적인 모습을 보
여주고 있다.

『서유기』의 보편적인 시대정신

이상의 논의를 종합하면, 우리는 『서유기』가 '통합적인
질서'를 관통하는 손오공의 시선, 즉 모든 권위의 이면을 꿰
뚫어보는 '관찰자적인 시선'과 선/악이라는 기존의 윤리 관
념을 해체한 '통합적 인물'을 적절히 구현해냄으로써 독보적
인 경지를 이루었다고 말할 수 있다. 바로 이런 특징 때문에

『서유기』는 그와 비슷하게 다양한 세계를 묘사한 『봉신연의(封神演義)』나 『평요전(平妖傳)』보다 '문학적'으로 뛰어난 성취를 이룰 수 있었고, 그로 인해 이후에 등장하는 장편소설에도 영향을 미쳤다.

아울러 중국뿐만 아니라 동아시아의 여러 지역까지 전파될 수 있었다. 왜냐하면 이런 성취는 이 작품으로 하여금 명나라 시대의 새롭게 변화된 시대정신을 성공적으로 집약시켜서 당시의 독자들에게 호응을 얻었을 뿐만 아니라, 시간과 공간을 뛰어넘어 '보편적으로' 독자의 심성을 파고들 역량을 확보하게 해주었기 때문이다.

6 장 ___ 『서유기』와 영화 「매트릭스」
西 遊 記

고대와 현대의 사이버스페이스

하나의 관념이나 개념은 역사의 어느 시기에 갑자기 튀어나온 것이 아니다. 그것은 일종의 숙성의 과정을 거쳤으며 그 과정에 대한 이해를 통해 우리는 현재에 나타나는 관념에 대한 허황된 환상을 버리고, 그것에 대해 좀더 본질적인 이해를 할 수 있다.

인간의 신체를 통해 비유하건대 우리가 사유의 실체로 믿는 두뇌는 몸이라는 전체상 속에서 존재하는 것이다. 몸이라는 전체상이 없다면 두뇌는 존재할 수 없으며 아울러 인간의 사유도 있을 수 없다. 그런데 우리는 일반적으로 우리의 사유는 두뇌에서만 비롯되었다는 생각을 갖고 있다.

그러나 실제로 검토해 보면 이것은 분명한 오류이다. 이

비유에서 두뇌는 현재에 드러나는 관념을 가리키며, 몸은 그 관념을 이루어온 역사적인 축적물을 말한다. 두뇌에 대한 몸의 관계는 텍스트에 대한 콘텍스트(context), 고정성에 대한 패턴성, 결과에 대한 과정, 사건에 대한 그것의 의미, 의식에 대한 무의식의 관계와도 상응한다. 이처럼 긴밀하게 관계 맺고 있는 두 가지 관계들에 대한 이해를 통해 우리는 총체성을 획득하게 된다.

중국의 역대 문헌 가운데에서 다른 공간에 대한 상상을 재미있게 풀어 쓴 작품으로는 『서유기』를 들 수 있다. 그런데 『서유기』에 표현되어 있는 공간은 크게 이 세상과 저 세상으로 구분해서 말할 수 있다. 그리고 이런 공간들의 복잡하면서도 화려한 모습은 하루 한 날에 이루어진 모습이 아니었다. 이러한 모습은 선진시대(先秦은 기원전 221년 이전시대를 말한다) 이후에 증식, 변화되어서 중국인들의 의식 속에 뿌리내려진 모습이라고 할 수 있다.

소설 『서유기』에 나타나는 공간인식을 이해하기 위해서는 이러한 생각의 변화 과정을 역사적인 맥락에서 알아야 할 필요가 있다. 그리고 이러한 일련의 과정이해를 통해 우리는 평면적인 『서유기』가 아닌, 좀더 역사적이고 입체적인 『서유기』를 볼 수 있을 것이다.

그런데 『서유기』에서 나타나는 '다른 세상', 즉 옥황상제가 사는 천상세계나 용궁, 지하명부의 세계와 같은 것들은 실제의 세계는 아니다. 그것은 일종의 상상의 공간, 즉 실재하지 않는 '가상의 공간'이라고 할 수 있다. 『서유기』의 주인공인 손오공은 인간들이 활동하는 공간과 천상과 지하라는 '가상의 공간'을 모두 돌아다니고 있다.

그런데 이처럼 주인공이 '현실의 공간'과 '가상의 공간'을 모두 돌아다니며 활약하는 이야기는 현대의 영화라는 매체에서도 나타나고 있다. 대표적인 영화로는 「매트릭스 *The Matrix*」를 들 수 있다. 「매트릭스」의 주인공인 네오(Neo)는 손오공과 마찬가지로 통신망이라는 장치를 통해 현실의 공간과 가상의 공간을 마음대로 드나들고 있다.

이 글에서는 이처럼 고대 중국인의 공간에 대한 생각을 중국의 소설작품인 『서유기』를 중심으로 해서 『서유기』가 있기까지 일종의 맥락을 만들어준 고대전적을 통해 알아볼 것이다. 그리고 이것을 넘어서서 『서유기』에 나타나는 공간에 대한 기본 골격이 절묘하게 나타나는 영화 「매트릭스」를 통해 '가상 공간', 즉 '사이버스페이스'에 대한 이야기를 하고자 한다.

고대유물 – 마왕퇴1호 그림

저 세상으로의 여행

　고대 중국인의 다른 세상에 대한 인식을 극명하게 볼 수 있는 자료로는 마왕퇴1호한묘(馬王堆1號漢墓)에서 출토된 내관(內棺)을 덮고 있는 비단 그림을 들 수 있으며, 이 그림에는 저 세계에 대한 관념이 많이 나타나 있다.

　이 무덤의 주인공은 매장 연대가 기원전 168년으로 전한(前漢)시기 장사국(長沙國) 대후(軚候)인 이창(利蒼)의 부인 신추(辛追)[15]이다. 그리고 이 그림의 용도에 대해서 마이클 로이와 손작운(孫作雲)[16]은 공통적으로 혼이 편안하고 안전하게 목적지까지 여행하기를 희망하는 상징적인 표현이라고 해석하였다. 달리 표현하자면 지금도 장례에서 쓰이는 '만장(輓章)'

좌_고대 중국인의 저승에 대한 생각을 보여주는 마왕퇴1호 한묘 그림(세밀묘사). 우_마왕퇴1호한묘 그림(실제도).

이라고 말할 수 있다.

이 그림을 자세히 살펴보자. 여기에는 고대 중국인의 저승 세계에 대한 상세한 관념이 생생하게 나타나 있다. 이 그림은 삼 층으로 구분되어 있다. 맨 위층은 T자형의 문으로 구분되어 있으며 저 세계 그 자체를 나타낸다고 할 수 있다. 이곳에는 뱀의 꼬리를 가진 복희(伏羲)씨가 있으며, 전설상의 항아(嫦娥)가 달로 날아오르려 하고 있다. 그리고 이 세계로 들어오는 문 주위에는 선비 같은 행색의 두 사람이 관을 쓰고서 대기하고 있다.

이들이 인간의 형상을 갖춘 존재라고 한다면, 인간이 아닌 존재들로는 신선이 타고 다닌다고 알려진 학과 용이 보인다. 그리고 해와 달이 있는데, 해에는 까마귀가 있고, 달에는 두

꺼비와 토끼가 있다. 이 맨 위층에서 또한 두드러지는 존재는 용의 가슴께에 존재하는 말 비슷한 동물과 그 동물을 타고 있는 인간의 몸에 동물의 머리를 가진 존재이다. 이들이 이 세계에서 활동하고 있다.

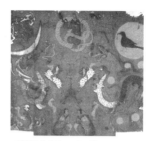

마왕퇴1호한묘 그림 상층부. 저승세계에 대한 묘사도이다. 전설상의 복희씨, 그리고 항아의 모습이 보인다.

이 맨 위층의 경우는 전설상의 인물들이 활개를 치고 있다. 그리고 시간, 즉 불사와 연관되는 해와 달이 존재하고 있다.

다음으로 두 번째 층에는 이 무덤의 주인인 노부인 앞에 두 사람이 꿇어 엎드려 있고, 뒤에는 세 명의 시녀들이 있다. 이것은 인간이 하늘에 오르는 과도과정인 것이다. 앞에 꿇어앉은 두 사람은 저승사자로서 부인을 마중 나온 것이다. 저승사자는 이 세상과 저 세상을 매개하는 존재로서 죽음의 운명에 처한 인간이 이들의 안내를 받아서 저 세상으로 떠나가게 된다.

만약 이 세상과는 현격히 다른 저 세상으로의 여행을 혼자서만 하게 된다면 인간의 죽음에 대한 두려움은 표현할 수 없이 클 것이다. 저승사자는 그런 연고로 두 세계의 매개자일 뿐만이 아니라 인간의 두려움에 대한 '절충자'라고도 할 수 있을 것이다. 이 저승사자라는 별난 존재는 고대 중국인의 인식 속에서도 저 세상을 설명할 때 아주 중요한 역할을 하는 것으

마왕퇴1호한묘 그림 중층부. 저승사자의 인도로
저 세상으로 떠나려는 무덤의 주인.

로 생각되어서인지, 이후의 소설 문헌에서도 자주 등장한다.

그리고 세 번째 층에는 죽은 이들의 후손으로 보이는 인간들이 늘어서 있으며, 생전에 죽은 이가 쓰던 물건들이 있다. 그런데 이 두 번째 층과 세 번째 층은 앞의 T자형 문과 같은 명백한 문이 존재하지는 않는다.

두 번째 층-이승과 저승이 겹쳐진 공간

이처럼 세 개로 구분되는 공간은 각각 무엇을 말하는 것일까? 우선 맨 위층은 이 세상이 아닌 저 세상을 표현하고 있다. 여기에는 이 세상에서는 존재할 수 없는 신화적인 인물들이 거주하고 있었다. 그리고 두 번째 층은 저 세상도 아니고 이 세상도 아닌 어중간한 공간이라고 할 수 있다. 이곳은 죽음을 맞은 무덤의 주인공이 저승사자를 맞이하는 공간이며, 살아 있는 사람들이 존재할 수 있는 공간은 아니다.

필자는 이 공간을 이 세상과 저 세상이 '겹쳐진 공간', 혹은 '중첩 공간'이라고 명명하고자 한다. 이 공간은 이 세상은

마왕퇴1호한묘 그림 하층부. 무덤 주인의 살아 있는 후손들이 이 세상에서 제사를 드리는 모습.

아니다. 그렇기 때문에 죽은 부인이 있을 수 있는 것이다. 그리고 이 죽은 부인을 저승사자가 영접하고 있다. 이 공간은 그렇다고 저 세상도 아니다. 저 세상은 그 아래층에 있는 공간이다. 그렇다면 이 공간은 무엇인가? 이 공간은 이 세상도 저 세상도 아닌 '제3의 공간'이라고 할 수 있으며, 이 제3의 공간은 이 세상과 저 세상을 연결하는 연결통로와 같은 역할을 한다고 할 수 있다.

이 공간의 특징으로는 첫째, 저승사자와 같이 천상의 특정한 존재들이 있을 수 있고, 둘째로 인간 중에서도 죽은 자와 같이 특정한 인간만이 있을 수 있다. 그러므로 이 공간은 이 세상적인 요소와 저 세상적인 요소를 가지고 있는 공간이라고 할 수 있다. 이런 이유로 이 글에서는 '겹쳐진 공간'이란 표현을 쓰고 있다. 이 공간은 천주교에서 설정한 '연옥'과도

마왕퇴1호한묘 그림. 인간의 머리와 새의 몸통을 지닌 하이브리드형 동물.

비슷한 성격을 가지고 있다. 그리고 세 번째 공간은 이 세상 자체를 묘사한 것이다. 이렇듯 마왕퇴1호한묘의 만장에서 나타나는 공간은 각기 다른 세 개의 세계이다.

한편 중간과 하단을 연결하는 가운데에는 새 몸통에 인간의 머리를 가진 아주 특수한 존재들이 존재한다.

이들은 시속(時俗)과 선향(仙鄕)을 마음대로 오갈 수 있는데, 그런 것이 가능한 것은 그들에게 날개가 있기 때문이다. 그리고 하단에는 동물로서 거북과 뱀이 있다. 이 거북과 뱀에 대한 해석이 어떠하든 적어도 이들 동물들이 죽은 이와 밀접한 관련을 맺고 있는 것은 부인하지 못할 사실이다.

그런데 마왕퇴에서 출토된 문물 중 이 그림을 제외하고도 동물이 표현된 유물이 있다. 바로 시신을 넣어두는 삼중의 관 가운데 가장 외곽을 둘러싼 관이다. 이 관에는 그림이 새겨져 있으며, 그림의 주인공은 인간이 아닌 괴수이다. 이 괴수는 사슴의 뿔에 용의 얼굴을 가지고 있으나 몸은 사람이다. 이 괴수들은 비

마왕퇴1호한묘의 관에 그려진 괴수들. 어떤 괴수는 악기를 연주하고 어떤 괴수는 춤을 춘다. 이들은 무덤의 주인을 위로하고 있다.

록 인간의 얼굴은 아니지만 행동거지에 있어서는 인간과 별 차이가 없다. 인간처럼 활을 쏘기도 하고, 악기를 연주하기도 하며, 춤을 춘다. 이들의 행동거지는 모두 죽은 이를 위한 것으로 해석된다. 활을 쏜다는 것은 죽은 이를 지키는 행위이며, 악기를 연주하거나 춤을 추는 것은 죽은 이를 위안하는 행동이다. 바로 죽은 이를 매장하는 후손들의 염원을 표현한 것이다.

마왕퇴에는 그림뿐만 아니라 일상생활에 쓰이는 식기 등의 도구와 나무인형들도 많이 출토되었다. 또한 각종 의복과 심지어는 다양한 곡식들까지 나왔다. 나무인형들은 죽은 이가 저 세상에 가서 하인으로 부리라고 후손들이 넣어준 것으로 보인다. 그리고 일상생활에 쓰이는 갖가지 도구들은 죽은 이가 살아가는 데 불편함이 없길 바라는 후손들의 배려이다. 요컨대 죽은 이도 산 사람과 똑같은 생활을 영위하는 것으로 인식하였던 것이다. 저 세상의 질서도 이 세상의 질서와 커다란 차이가 있을 것으로 생각하지 않았던 것이다.

『산해경』 속의 하이브리드 생물

새롭고 이상한 동물들

　동물적 존재에 초점을 맞추면 마왕퇴 관곽의 괴수와 같이 여러 동물의 합성체를 많이 서술한 전적이 있다. 바로 고대 중국인의 상상력의 한 정점이라고 할 수 있는 『산해경(山海經)』이 그것이다. 고대 중국의 많은 문헌 가운데 그 유례를 찾아볼 수 없는 독특한 서적인 『산해경』에는 다음과 같은 이상한 생물들이 표현되어 있다.

　"이곳에 마복(馬腹)이라고 하는 짐승이 있는데 생김새는 사람의 얼굴에 호랑이의 몸을 하고 소리는 어린애 같으며 사람을 잡아먹는다."[17]

　"환두국이 그 남쪽에 있는데 그 사람들은 사람의 얼굴에 날개가 있고 새의 부리를 하고 있으며 지금 물고기를 잡고 있다. 혹은 필방의 동쪽에 있다고도 하고 혹은 환주국이라고도 한다." [18]

"사비시가 그 북쪽에 있다. 짐승의 몸에 사람의 얼굴이며 귀가 큰데 두 마리의 푸른 뱀을 귀에 걸고 있다. 혹은 간유시가 대인국의 북쪽에 있다고도 한다." [19]

"능어(陵魚)는 사람의 얼굴에 팔 다리가 있고 몸뚱이는 물고기인데 바다 한가운데에 산다." [20]

위의 동물들의 공통점은 우리가 일반적으로 알고 있는 동물들이 아닌, 알고 있는 동물들의 특정 부위들이 결합된 새로운 합성체라는 점이다. 그러므로 마왕퇴 관곽에서 나타나는 괴수는 고대 중국인에게 특별히 낯선 존재는 아닌 듯싶다.

이 세상과 저 세상의 매개자

그런데 고대 중국인의 사유 속의 공간관과 연관된 동물의 위상에 대해서 장광직 선생은 중요한 견해를 말했다. [21] 즉 진한(秦漢) 이전 시기의 고대 자료에서 신화동물은 인간세계와 신이 거처하는 조상세계의 연결고리였다. 그런데 후대로 내려오면서 조상세계와 신의 세계가 나누어지게 되고, 동물들은 신의 세계에 참여한다. 그래서 인간이 신에 대항할 때 신의 세계의 상징으로 등장한다고 한다. 여기서 장 선생의 견해

▲ 사람의 얼굴에 호랑이 몸통을 가진 '마복'.

▲ 사람 얼굴에 몸통은 물고기인 '능어'.

▲ 새부리에 날개가 있고 물고기를 잡아먹는 환두국의 괴수.

▲ 짐승의 몸에 사람의 얼굴을 한 '사비시'.

는 이 세상과 저 세상이라는 별개의 공간을 동물이라는 매개자가 존재하여 두 공간을 연결한다고 하였다.

마왕퇴의 유물이나 『산해경』의 자료를 통해 보건대 동물은 인간이 지니지 못한 그들의 능력으로 말미암아, 인간의 능력을 벗어난 다른 세계, 즉 저 세상과 모종의 관계를 맺고 있으리라는 추측은 고대 중국인들에게는 상당히 보편적인 관념이었던 것으로 보여진다.

우리는 지금까지 고대 중국인의 이 세상과 저 세상에 대한 관념과 이 두 세계와 인간과는 다른 식으로 관계를 맺고 있는 동물에 대해서 살펴보았다. 이런 고찰을 통해서 고대 시기에도 이미 다른 공간에 대한 인식은 그 세세한 모양새를 그려낼 수 있을 정도로 완전한 관념이 형성되어 있었음을 알 수 있다. 그리고 다른 공간의 구성원은 인간뿐만 아니라 동물들도 중요한 구성 인자였으며, 심지어는 동물들이 저 세상과의 교통을 담당할 수도 있다는 관념이 있었음을 알 수 있다.

『서유기』의 공간

천상 · 지상 · 지하

『서유기』는 표면적으로 천상과 지상, 그리고 지하라는 공간으로 나누어진다. 그리고 각각의 공간에는 하위 단위의 공간들이 존재한다. 예를 들면 천상에는 불교적인 존재들이 있는 공간이 있는가 하면, 도교적인 존재들이 있는 공간들이 따로 존재하고 있다. 이 하위 공간들은 각각 독립적으로 존재하면서 천상이라는 큰 세계를 이루고 있다.

또한 『서유기』의 주인공들이 여러 가지 모험을 겪게 되는 지상이 존재한다. 이 지상세계는 인간이 아닌 요마들이 존재하는 공간이 있으며, 이와는 별도로 인간들이 존재하는 공간이 있다. 그런데 지상에서 인간들이 사는 공간으로 요마들이

청룡산에서 싸우는
『서유기』의 주인공들.

들어오기도 하며 인간이 요마에게 잡혀서 그들의 공간으로 끌려가기도 한다. 그리고 마지막으로 지하공간이 있다. 이 지하공간은 크게는 명부세계와 용궁으로 분류할 수 있다. 명부세계가 지상과 대비되는 땅 밑의 공간이라면 용궁은 이와는 다른 의미에서 지상과 대비되는 물 밑의 공간이다. 이렇게 여러 가지로 구분되는 공간들이 소설 『서유기』에 나타난다.

또한 『서유기』에 등장하는 존재들은 인간과 천상 존재, 그리고 요마라는 세 부류로 나눌 수 있다. 이 세 부류의 존재들은 자신들이 활동할 수 있는 영역이 있다. 인간은 인간들이 활동할 수 있는 자신들의 공간이 있으며 천상존재들이나 요마들도 마찬가지이다. 그런데 『서유기』에서는 이렇게 자신들의 활동영역이 정해져 있는 듯이 보이는 존재들이 자신들의 공간을 벗어나 다른 공간들을 넘나들고 있다.

'겹쳐진 공간' 혹은 '가상공간'

먼저 요마가 인간세계로 들어오는 경우가 있다. 이런 경우 본상이 동물인 존재들이 나름대로의 이유를 가지고 천상에서 내려오거나 천상으로 올라간다. 요마가 인간세계로 들어온 전형적인 예로써 우마왕 가족을 들 수 있다. 이들 일가족에 대한 이야기가 『서유기』 이야기의 전개 속에서 많은 분량을 차지하고 있다. 그런데 이들은 공간적으로 인간세계에 들어왔을 뿐 아니라 서로 간의 관계가 인간들의 관계와 닮아 있다. 요마들의 삶의 패턴이 인간 삶의 패턴과 겹쳐져서 거의 인간화되어 가고 있는 셈이다.

또한 인간의 다른 세계에 대한 체험도 다양하게 전개된다. 이들 중 위징(魏徵)과 당 태종은 명부세계와 연관을 가지고 있는 존재들이다. 또한 삼장의 아버지인 진광예(陳光蕊)와 삼장 자신도 다른 세계와 밀접한 연관을 가지고 있다. 그들의 경험 속에는 저 세상의 체험이 녹아 있으니 그들은 이 세상에 있지만 다른 세상도 경험을 통해 인식하고 있는 인간들이다.

『서유기』에 등장하는 중요한 인간들이 이처럼 대부분 저 세상의 경험을 가지고 있다는 것은 저 세상이 이미 '동떨어진' 다른 영역의 공간이 아니라 이 세상과 마찬가지로 일상적인 공간이 된 것을 의미한다. 이것은 『서유기』의 다른 주인공 즉 손오공, 저팔계, 사오정이 저 세상을 저 세상으로 여기지 않고 같은 영역, 즉 겹쳐진 영역으로 인식하는 것과 일맥 상통하는 측면이 있다. 저 세상을 경험한 인간에게는 '저 세상' 즉 다른 세상이 '이질적인 다른 세상'으로 남아 있지 않게 된다.

천상존재들이 지상으로 내려오는 경우도 있다. 천상존재인 관음보살이나 태상노군, 이천왕부자 등은 인간세상을 아무런 무리 없이 드나들고 있다. 『서유기』에 등장하는 요마들이나 천상 존재들은 인간이 아니라는 점에서 공통점이 있으니, 겉으로 보기에는 대립적인 존재들이지만 본질에 있어서는 상통한다. 그러므로 요마나 천상존재들이 활약해야 하는 공간은 이 세상이 아니라 다른 공간이어야 했다.

그러나 이 이질적인 존재들은 『서유기』에서 아무런 거리낌없이 인간세상에 나타나며 삼장 일행의 여행을 방해하거나 이들의 어려움을 해결해 주기도 한다. 그러므로 이들 이질적인 존재들이 출몰하는 공간, 즉 삼장일행이 여행하는 여행의 공간은 이미 그들에게 낯선 공간이 아니라 저 세상과 이세상이 '겹쳐진 공간'이라고 할 수 있다.

다시 말하자면, 『서유기』라는 소설에서 중심 공간으로 설정되어 있는 여행의 공간은 요마들이 아무런 문제 없이 출몰하는 공간, 천상의 관음보살이나 다른 천상존재들이 나타나는 공간, 인간인 삼장이 아무런 이질감을 느끼지 않는 공간,

즉 이 세상과 저 세상이 '겹쳐진 공간'인 것이다. 또한 이 '겹쳐진 공간'은 실제로 존재하지 않는 이미지상의 공간, 즉 이 공간은 천상과 지하와는 다른 의미에서 일종의 '가상공간'이라고 할 수 있다.

『서유기』와 「매트릭스」는 어떤 공통점이 있을까?

손오공과 네오

「매트릭스」라는 작품은 현실공간과 가상공간이 절묘하게 표현되어 있는 작품이다. 다시 말하면 『서유기』와 「매트릭스」는 여러 가지 동일한 부분이 발견된다. 우선 『서유기』나 「매트릭스」는 공통적으로 두 가지의 대비되는 공간이 설정되어 있다. 『서유기』에서는 지상이라는 생로병사가 예정되어 있는 세상과 지상을 둘러싼 생로병사를 뛰어넘는 다른 세계인 천상세계나 지하세계가 존재하고 있었다.

이와 마찬가지로 영화 「매트릭스」에서는 실제인간이 기계에게 양육을 당하는 서기 2199년의 실제 공간과 인공지능 컴퓨터인 AI(Artificial Intelligence)가 제공하는 가상적인 서기

1999년의 「매트릭스」의 세계가 있다. 『서유기』나 「매트릭스」에서는 두 개의 다른 공간이 존재하고 있는 것이다.

이와 아울러서 『서유기』의 주인공인 손오공과 「매트릭스」의 주인공인 네오는 모두 두 가지 공간을 마음대로 드나들 수 있다. 손오공은 초반부에 존재의 생로병사에 대한 의문을 품는다. 그래서 이 난제를 해결하기 위해서 뗏목을 타고서 자신이 살고 있는 동승신주(東勝神洲)를 벗어나 동서남북으로 돌아다닌다. 그러다가 서우하주(西牛賀洲)의 수보리 조사로부터 법술과 도를 익힌 후에 그는 환골탈태하게 된다. 그리고 천상이나 지하, 그리고 지상을 마음대로 돌아다닐 수 있는 공간적인 자유를 획득한다.

이와 마찬가지로 「매트릭스」의 네오는 자신의 통찰력을 통해 「매트릭스」가 제공하는 세계가 완전한 허구임을 직시한다. 이 직시를 통해 가상공간의 벽은 녹아내리고 네오를 사냥하던 비밀요원 스미스·브라운·존스는 디지털 숫자로 변하게 된다. 그리고 가상공간의 세계는 존재하되 네오에게는 다른 차원의 세계가 되는 것이다. 네오는 일종의 환골탈태를 한 것이다. 네오는 이런 환골탈태를 통해서 공간적인 자유를 획득한다.

이처럼 『서유기』나 「매트릭스」는 특별한 개인이 자신의 수련이나 자각을 통해서 환골탈태한다는 점, 그리고 이런 환골

영화 「매트릭스」. 현실세계
와 가상세계의 소용돌이.

탈태를 통해서 주인공들에게 구분되었던 공간들에 대한 인식
에 질적인 변화가 생겼다는 점에서 공통점을 가지고 있다.

현실공간과 가상공간을 넘나드는 인물들

그런데 공간들의 인식에서 질적인 변화란 무엇인가? 자각
한 특별한 개인들에게 표면적으로 분리되었던 공간들은 그
들 각자에게는 혼연일체된 공간이 되는 것이다. 손오공이 능
력을 획득한 후에는 현실적인 공간과 가상적인 공간의 구분
은 무의미해진다.

마찬가지로 네오는 공간에 대한 통찰을 통해서 가상세계
의 허구성을 깨닫는다. 즉, '가상공간'이 '겹쳐진 공간'이라
는 사실을 깨닫게 되는 것이다. 이것을 통해 「매트릭스」 안에
서 네오는 죽어도 죽지 않게 된다. 왜냐하면 「매트릭스」라는
겹쳐진 공간 안에서 본질은 따로 존재하고 있기 때문이다. 그
럼으로써 그는 가상현실에 속지 않게 된다. 일종의 거리를 둘

수 있게 되며, 떠날 수 있게 되는 것이다.

그는 결정적으로 「매트릭스」의 본질을 봄으로써 「매트릭스」를 넘어설 수 있게 되는 것이다. 마치 피조물이 창조주에게 경배하며 땅에 머리를 숙이다가 창조주를 '의심'하는 그 순간, 그 순간의 깨달음으로 창조주를 간발의 차이로 넘어서는 것과 마찬가지로 네오는 「매트릭스」를 넘어서게 된 것이다. 『서유기』에 나타나는 이야기 전개의 중심 공간과 「매트릭스」의 이야기의 중심 공간은 이처럼 '겹쳐진 공간'이라는 면에서 공통점을 갖는다.

또한 '겹쳐진 공간'과 '겹쳐지지 않은 공간'을 모두 소유한 존재들은 이 두 작품에서 손오공과 네오만이 아니었다. 『서유기』에서는 사오정, 저팔계 등의 존재들이 있다. 이들은 난관의 해결사인 손오공을 도와서 문제를 해결하는 보조 역할을 맡고 있었다. 이와 마찬가지로 「매트릭스」에서도 네오를 돕는 모페스(Morpheus)나 트리니티(Trinity)가 있다. 이들은 주인공인 손오공이나 네오와 같이 극적인 환골탈태를 하지는 못했지만 공간적인 자유를 얻은 이들이다. 이들은 모두 주인공인 손오공이나 네오의 능력에는 미치지 못하지만, 그보다 낮은 등급의 능력을 가지고 다른 공간을 돌아다닐 수 있었다.

겹쳐진 공간이라는 기본 모티프

이처럼 중국소설 『서유기』와 영화 「매트릭스」는 공간을 설정하고 구현해내는 방식에 있어서 공통점을 가지고 있다. 그러나 똑같은 쌍둥이 작품은 아니기에 약간의 차이점도 또한 가지고 있다. 우선 주인공들이 중심적으로 활동하는 공간의 영역에서 차이가 있다. '겹쳐진 공간'이지만 그것이 가상 공간의 성격을 많이 가지고 있느냐, 아니면 실제공간의 성격을 더 가지고 있느냐는 차이가 있는 것이다. 『서유기』에서 주인공인 손오공이 인간인 삼장법사를 만나서 여행하게 되는 여행의 공간은 천상의 공간이나 지하의 공간이 아닌 현실의 공간에 더욱 가깝다. 그러나 물론 현실의 공간은 아니다.

그러나 요마가 출몰하고 관음보살, 태상노군이 왕림하는 소설 속의 중심 공간은 현실공간의 성격을 많이 가지고 있는 것이다. 이에 비해서 「매트릭스」에서 이야기를 끌어가는 중심 공간은 좀더 비현실적인 공간이다. 그리고 주인공인 네오가 자신의 자각을 이룬 이후에도 중심적으로 활동해야 하는 공간도 이 비현실적인 공간인 것이다.

두 작품은 이처럼 차이점이 있음에도 불구하고 근원적인 공간인식에서는 공통점을 가지고 있다. 이것은 「매트릭스」의 대본을 집필하고 감독한 래리·앤디 워쇼스키 형제의 동양문화에 대한 관심, 예를 들면 「매트릭스」 속에서 보이는 재패니메이션적인 표현, 불교의 선(禪)적인 깨달음에 대한 경도, 동양무술에 대한 관심 등등도 영향을 미쳤을지도 모른다.

그런데 어쨌든간에 그들의 이러한 상상력은 우연이든, 필연이든 중국의 고대소설인 『서유기』에 표현되어 있는 두 개의 구분된 공간, 그리고 구분된 공간의 교집합이라고 할 수 있는 '겹쳐진 공간'이란 기본 모티프와 일치하고 있다. 중국소설과 현대의 영화라는 시대와 이미지 매체의 차이를 넘어서서 근원적인 이야기의 기본틀에서는 공통점이 존재하고 있는 것이다.

문화적 연속성으로서 사이버스페이스

우리는 지금까지 하나의 흐름을 지켜볼 수 있었다. 그 흐름은 시간 속에서 축적된 관념이었으며, 또한 많은 변화양상을 거쳤다. 이런 흐름을 통해 보건대, 고대 시기에 저 세상은 이 세상과는 많은 '거리'를 가진 공간으로 나타난다. 그것을 형상화한 대표적인 예는 마왕퇴의 만장이다. 두 세계는 마치 호롱박의 두 개의 호롱을 연상시킨다. 그리고 이 두 세계를 연결하는 '겹쳐진 공간'도 하나의 통로처럼 나타나고 이 '겹쳐진 공간'은 특정한 인간이나 동물들만 있을 수 있었다.

이러한 공간에 대한 이해가 명대의 소설 『서유기』에 이르러서는 좀더 뚜렷한 모습으로 구현된다. 그런데 『서유기』의 주인공인 삼장법사 일행이 여행하는 여행의 공간은 단순히

'이 세상'이 아니다. 이 공간은 그러므로 인간과는 이질적인 요마들이나 신들이 활동하는 공간, 인간인 삼장이 여행하는 공간, 다시 말하면 마왕퇴1호한묘에서 지적했던 바로 '겹쳐진 공간'인 것이다.

명대에 이르러서 그 동안에 성숙되었던 여러 가지 저 세상에 대한 관념들이 『서유기』에 와서 이렇듯 다양한 모습으로 나타나게 된다. 그리고 고대 이래로 존재하던 이승과 저승의 연결 존재로서의 동물의 모습도 『서유기』에 이르러서는 원숭이, 돼지, 말 등의 모습으로 형상화되어 인간이 마음대로 드나들 수 없는 여러 공간들을 돌아다니게 된다. 이들은 인간이 아닌 동물적 특징(hybrid)을 지녔기 때문에 저 세상을 이 세상처럼 마음대로 드나든다.

다양한 시대, 다양한 매체로 구현되는 가상 공간의 본질

이처럼 중국의 여러 문헌에서 다른 세계에 대한 상상은 대체로 그림으로, 그리고 소설로써 표현되었다. 즉, 매체에 있어서 차이가 있었던 것이다. 그리고 이러한 흐름은 현대의 영화라는 매체까지 연결된다. 한대 마왕퇴1호한묘에서 출토되었던 다른 세상에 대한 상상력, 그리고 『산해경』에서 표현되었던 다른 세계에 사는 이질적인 하이브리드(hybrid)적 동물에 대한 상상은 중국의 고대소설에서는 『서유기』에 나타나는 다른 세계에 대한 상상의 모태가 되었던 것이다. 그리고 이런 흐름은 현대의 「매트릭스」라는 영화에서도 변형된 가상의 세계로 표현되고 있는 것이다.

다시 말하면 우리가 현대에 마주치게 되는 가지가지 이미지 매체들은 '혁명적인 낯설음'으로 어느 날 하늘에서 떨어진 것이 아니고 나름대로의 '역사적인 맥락' 혹은 '문화적인 연속성'을 가지고 있었던 것이다.

이와 아울러 이처럼 여러 시대를 두고 다른 매체를 통해 나타나는 '가상 공간'의 본질은 무엇인가 생각해 본다. 다시 말하면 『서유기』나 「매트릭스」에서 보이는 다양한 가상 공간이란 인간의 본원적인 욕구, 즉 상상적 공간을 필요로 하는 욕구의 산물이 아닐까 싶다. 우리는 누구나가 현실에는 존재하지 않는 공간, 현실과는 다른 공간, 그래서 현실에서 실현하지 못하는 가지가지 것들을 실현해볼 수 있는 공간을 내재적으로 요구하고 있는지도 모른다. 그런 면에서 이런 이미지 매체들을 통해 구현되어 있는 다양한 공간들은 '그 누구도 어쩌지 못하는 인간들이 갖고 있는 숙명적인 욕구의 발현'이 아닐까 싶다. 당신은 어떻게 생각하는가?

2 리라이팅

西遊記 서유기

『서유기』의 중요 인물로는 삼장의 말썽꾸러기 제자들을 들 수 있다.

자유로운 영혼을 추구하는 손오공, 주색에 여념이 없는 저팔계,

내부 충돌의 조정자 사오정, 삼장의 다리 역할을 하는 용마가 있다.

다음으로 삼장 제자들의 적대 세력인 요마들이 있다.

요마들 중 특히 우마왕 가족들에게서 나타나는

가족구성원의 다양성과 묘사의 복합성은 중요한 의미를 지닌다.

그것은 작가의 시선이 주인공뿐만 아니라 주인공을 둘러싼

조연급에게까지도 미쳤음을 의미하며,

이것은 또한 중국 소설이 한 단계 진보했음을 보여주는 증거이기 때문이다.

1 장 ── 삼장의 말썽꾸러기 제자들

西 遊 記

『서유기』의 구조

　『서유기』는 전체 내용으로 보면 세 부분으로 이루어진다. 첫 번째는 손오공의 탄생과 학습 과정, 그리고 그가 천궁에서 소동을 부린 부분으로 전체 100회 중에서 제1~7회이다. 이것을 일반적으로 대뇨천궁(大鬧天宮)이라고 부른다. 이 부분의 주요 활동무대는 지상이 아닌 천상이므로 천유기(天遊記)라고 할 수 있다.

　그리고 두 번째는 현장의 출가 부분으로 제8~12회이다. 이 부분은 인간인 현장, 즉 삼장의 이야기이다. 당연히 여기서 주요 활동 무대는 인간세계이다. 마지막 세 번째는 손오공과 삼장을 비롯한 여러 제자들이 만나서 경을 취하러 여행을 떠나는 부분으로 제13~100회이다.

양적인 측면에서나 내용의 중요도에서나 『서유기』의 핵심 부분은 바로 세 번째 여행이라고 할 수 있다. 이 부분은 표면적으로는 삼장이 '이 세상'을 여행하는 것으로 설정되어 있지만, 이 여행의 공간에서 중심적으로 활동하는 존재들은 '이 세상'의 존재인 인간들이 아니라, 요마들이나 천상의 존재이다. 바로 이런 이유에서 이 여행의 세계는 '이 세상'과 '저 세상'이 미묘하게 합치되는 세계인 것이다. 바로 이런 점이 『서유기』의 독특한 점이며 이런 공간의 다양성 때문에 이야기는 더욱 다채롭게 전개된다.

또한 『서유기』는 일종의 여행기이다. 이 책의 내용을 이루는 주요 패턴은 주인공 일행이 여행길을 가다가 요마를 만나서 그와 싸우고 결국 승리해서 다시 길을 떠나는 것으로 이루어진다. 결국 이야기는 '여행길─요마와의 싸움─싸움의 승리─다시 여행길'로 도식화할 수 있다. 그러므로 『서유기』에서 중요한 점은 어떤 개성을 지닌 주인공 일행이 어떤 요마를 만나게 되느냐이며, 또한 위기의 순간에 어떤 벗들이 도움을 주는가이다. 즉, 『서유기』에서 재미의 핵심은 등장인물들인 것이다. 이런 점에 주목해서 여기 제2부에서는 『서유기』에 등장하는 여러 가지 인물들을 소개하면서 이 책에 대한 이해를 돕고자 한다.

『서유기』[22]에서 인간인 삼장을 호위해서 천축으로 경전을 구하러 가는 제자로는 네 명이 나온다. 이들은 손오공, 저팔계, 사오정, 용마이다. 이 네 제자들은 대체로 동물에 가깝다. 이들은 모두 천상이나 용궁에서 죄를 짓고 그 속죄의 일환으로 삼장을 호위하는 역할을 맡는다. 그러므로 이 네 주인공은 삼장처럼 수행자로 행동하기보다는 동물적인 본능, 즉 탐욕, 질투, 색욕 등에 좀더 끌리는 인물들이다. 어찌보면 이들을 상대해서 싸우는 요마들과 별다른 차이가 없다고 볼 수 있다. 게다가 이들은 이러한 순화되지 않은 성정 탓에 서로 간에 끊임없이 싸움을 일삼는다. 그들 중에서 특히 손오공과 저팔계는 유독 자주 다툰다. 사오정과 용마는 손오공편을 들어주고, 삼장은 저팔계편을 들어준다. 이처럼 『서유기』 주인공들은 편을 나누어 싸우면서 긴 여행을 떠나게 된다.

손오공 - 매이지 않은 자유영혼

삼장의 네 제자 가운데 능력에서나 이야기 속의 중요성에서나 첫 번째로 꼽을 수 있는 제자는 손오공이다. 손오공은 원숭이이다. 그런데 원숭이라는 동물의 특징 중 가장 두드러진 것은 다른 동물과는 달리 지상을 벗어나서 나무를 타고서 오르락내리락하는 상하운동을 할 수 있다는 점이다. 이 상하운동은 원숭이를 단순히 땅의 차원을 벗어나서 하늘이라는 다른 차원의 공간과 맞닿는 존재로 비약시킨다. 바로 원숭이의 이러한 운동성은 손오공이 천상과 지하의 명부세계, 그리고 용궁 등의 다른 차원의 공간을 별다른 무리 없이 출입할 수 있는 근거가 된다.

손오공의 활동성은 소설의 제1장에서부터 나온다. 특히

이 장에는 당시 세계에 대해 중국인들이 가지고 있는 인식의 한 단면을 잘 보여준다.

> 반고가 천지를 개벽하고 삼황이 세상을 다스리고 오제가 윤리 도덕을 정하면서부터 세상은 사대부주(四大部洲)가 되었다. 즉 동승신주(東勝神洲), 서우하주(西牛賀洲), 남섬부주(南瞻部洲), 북구노주(北俱蘆洲)로 나뉘어 있다. 이 책에 씌어진 이야기는 동승신주에서 일어난 일들이다.
>
> 感盤古開辟, 三皇治世, 五帝定倫, 世界之間, 遂分爲四大部洲 : 曰東勝神洲, 曰 西牛賀洲, 曰南瞻部洲, 曰北俱蘆洲. 這部書單表東勝神洲. (제1회)

여기에서 세계는 수평적으로 동서남북 네 개의 큰 덩어리로 이루어져 있다. 그런데 손오공은 늙고 죽는 것에 대한 걱정으로 뗏목을 타고 남섬부주와 서우하주를 돌아다닌다. 남섬부주는 명예와 이권을 좇는 사람들이 사는 곳으로 묘사되어 있다. 그 다음에 도착한 서우하주에서 손오공은 수보리 조사(須菩提 祖師) 밑에서 법술과 도를 배운다. 그리고 그는 동승신주의 화과산(花果山)으로 돌아온다. 손오공은 이처럼 동서남북의 평면적인 공간을 마음대로 오갈 수 있었다.

이에 비하여 상하의 수직적인 공간은 제3회부터 등장한다.

우선 동해 용궁이 나온다. 손오공은 자신의 위신에 알맞은 무기가 필요했는데, 그의 부하인 사노후(四老猴)가 동해 용궁에 가볼 것을 권한다. 용궁에서 손오공은 여의봉으로 불리는 굉장한 힘을 가진 무기를 얻는다. 또한 제3회에서 손오공은 명부세계도 다녀온다. 그는 거기에서 명부에 수명이 324세로 적혀 있는 자신의 이름을 지워버리고, 원숭이족의 이름도 찢어버린다. 그리고 "이제 됐어. 이제부터는 너희들의 간섭을 받지 않아도 돼."라고 말하고 명부세계를 나온다.

제4회에서는 천상세계가 본격적으로 전개된다. 이 천상세계도 성격이 약간 다른 몇 개의 공간으로 이루어져 있다. 우선 제4회에서는 옥황상제가 사는 영소전(靈霄殿)이 등장한다. 여기에서 손오공은 필마온(弼馬溫)의 직책을 받고서 일하다가, 자신의 직책이 형편없이 낮다는 것을 알고는 바로 화과산으로 돌아와버린다. 그런데 천계에서의 하루는 지상에서 거의 1년과 맞먹는 기간이었기에, 이미 세상이 많이 바뀌어 있었다. 이처럼 천상과 지상은 세계가 다른 만큼 시간에서도 차이가 있었다.

"대왕님 축하합니다. 10여 년 동안이나 천국에 가 계신 것만큼 이번엔 더욱 큰 영광을 지니고 돌아오셨겠지요?" "내가 너희들 곁을 떠난 지 겨우 반 달이 조금 지났을 뿐인데 10여 년이란 웬 말이냐?" "대왕님은 그간 천국에 올라가 계셨기 때문에 세월이 어떻게 흘렀는지 모르실 겁니다. 천국에서의 하루는 지상에서의 거의 1년과 맞먹습니다."

"恭喜大王, 上界去十數年, 想必得意榮歸也?" 猴王道："我才半月有餘, 那里有十數年?" 衆猴道："大王, 倏在天上, 不覺時辰. 天上一日, 就是下界一年哩."(제4회)

그리고 이곳과 성격이 약간 다른 공간으로 태상노군이 사는 도솔천궁(兜率天宮)이 있다.

도솔천궁에서 손오공은 태상노군이 가지고 있는 병에 담아 두었던 금단(金丹)을 모두 먹어치운다. 아래의 본문에서 손오공의 생각을 엿볼 수 있다.

손오공이 말한다. "이건 선가의 보배 중에서도 보배가 아닌가! 내가 도를 닦아 세상 이치를 깨친 뒤로는 진작부터 금단을 만들어 생령들을 구해줄 생각이었는데 그만 집으로 돌아온 뒤로 그럴 겨를이 없었지. 오늘 뜻밖에도 이런 인연이 있게 되었으니 노군이 없는 기회에 몇 알 맛이라도 보아둘까?"

"此物乃仙家之至寶, 老孫自了道以來, 識破了內外相同之理, 也要些金丹濟人, 不期到家無暇；今日有緣, 卻又撞著此物, 趁老子不在, 等我吃他几丸嘗新."(제4회)

옥황상제의 영소전과 태상노군이 사는 도솔천궁이 도교
적인 성격을 띠고 있는 곳이라고 한다면, 여래(如來)가 거주
하는 영산(靈山)의 뇌음사(雷音寺)와 관음보살이 있는 보타암
(普陀巖)은 불교적 성격을 띤 곳이라고 할 수 있다. 특히 관음
보살은 손오공이 어려움에 처했을 때에 가장 많이 도와주는
존재이기도 하다. 그 전형적인 예가 제49회에 나온다.

이윽고 보살은 손에 자줏빛 대바구니 하나를 들고 죽림에서 나
왔다. "오공아 어서 나하고 같이 당승을 구하러 가자." 행자는
황급히 무릎을 꿇었다. "제가 너무 재촉만 해서 죄송합니다. 아
무쪼록 먼저 옷을 입으시고 자리에 오르십시오." "옷은 안 입어
도 상관없으니 어서 떠나자!" 보살은 여러 제천들을 남겨둔 채
상서로운 구름을 일으켜 하늘로 날아올랐다. 오공은 그 뒤를 따
르는 수밖에 없었다.

不多時, 只見菩薩手提一個紫竹籃兒出林, 道：“悟空, 我與你救唐僧
去來.” 行者慌忙跪下道：“弟子不敢催促, 且請菩薩着衣登座.” 菩薩
道：“不消着衣, 就此去也.” 那菩薩徹下諸天, 縱祥雲騰空而去. 孫大
聖只得相隨. (제49회)

이처럼 관음보살은 보타암이라는 특정한 공간에 살고 있
었고, 손오공은 이 공간을 아무런 장애 없이 드나들고 있었다.

『서유기』가 출현한 명나라 시대의 세계에 대한 인식은 수평적으로는 동서남북에 커다란 네 개의 땅덩어리가 있는 것으로 나타난다. 그리고 수직적으로는 천상, 지상, 지하의 세 개의 공간으로 나뉘어 있다. 그리고 손오공은 이런 여러 층차의 공간들, 즉 수평적인 공간뿐만 아니라 수직적으로 천상과 지하, 그리고 지상의 공간을 별다른 어려움 없이 자유롭게 드나들고 있다. 이것은 바로 손오공이 지닌 원숭이로서의 활동성과 연관이 되는 부분이다.

이후에 손오공은 자신의 능력을 믿고 날뛰다가 여래에게 잡혀 벌을 받게 된다. 그리고 삼장에게 구원 받아서 긴 여행을 떠난다.

저팔계-음식과 여자가 좋아

저팔계는 돼지이다. 그는 원래 위풍당당하게 은하수를 다스리는 천봉수신(天蓬水神)이었으며, 일찍이 신선도를 닦아서 신선명부에도 올라 있었다. 그런데 취중에 광한궁(廣寒宮)에 뛰어들어 선녀를 희롱해서 동침을 청하게 된다. 그리고 이것이 옥황상제의 노여움을 사게 되어서 극형에 처할 운명이었는데, 다행히 태백금성(太白金星)의 청으로 죽음은 면했으나 돼지로 지상에 태어나게 된 것이다.

그가 지닌 돼지로서의 내적인 속성은 탐욕을 들 수 있다. 그의 탐욕의 가장 큰 대상은 음식과 여자였다. 즉, 그는 식욕과 색욕의 화신이었던 것이다. 제44회에서 그는 꿈결에 손오공이 맛있는 음식이 있다고 중얼거리는 소리를 듣는다. 이 소리를 듣고 즉시 깨어나서 손오공을 따라 삼청전(三淸殿)에 도착해서는 제사음식을 닥치는 대로 먹어 치웠다. 또 제54회의 서량여국(西梁女國)에서 일행이 요마를 물리치고 다른 나라로 출발하기 전에 서량여국의 여왕이 여행길에서 쓰라고 쌀석 되를 내놓는다. 이때 저팔계는 즉시 받아서 보자기에 싸넣는다. 그는 평소에는 짐을 지는 것이 너무 힘들다고 줄곧 불평했었는데, 이번에는 나서서 쌀 주머니를 메겠다고 나선다. 먹는 것이 그만큼 중요해서이다.

색욕의 경우 제23회에서 극명하게 나타난다. 이 부분은 "네 성인(聖人)이 미인계로 진심을 시험해 보다."라는 부분인데, 제목 그대로 여러 신들이 일행의 마음을 시험해 보려고 일종의 미인계를 쓴 것이다. 그런데 오직 저팔계만 함정에 빠져서 고생을 하게 된다. 그리고 제54회의 서량여국에서 여왕이 삼장을 남편으로 맞아들이겠다고 하자, 저팔계는 자신이 대신 신랑이 되겠다고 나선다.

> "우리 스승님은 오랫동안 수행을 쌓은 나한이어서, 아무리 나라의 부를 다 바치고 나라를 기울일 만한 미모라 해도 탐내지 않으신다오. 그러니 저분에겐 빨리 문첩에 도장이나 찍어 주어 서천 길을 가시게 하고, 그 대신 나를 남겨서 혼인을 맺는 게 어떻겠소."

"我師父乃久修得道的羅漢, 決不愛你托國之富, 也不愛你傾國之容; 快些兒倒換關文, 打發他往西去, 留我在此招贅, 如何."(제54회)

이처럼 저팔계의 본성은 치열한 욕망으로 요약할 수 있을 것이다. 그런데 천상과 지하를 멋대로 돌아다니는 손오공에 비해서 저팔계는 주로 지상에서 활동한다. 그렇지만 아주 위급한 때에는 그도 역시 천상을 돌아다닌다. 손오공에 비해서 공간적인 활동성은 한계가 있지만 그도 여러 공간을 돌아다닐 수 있는 존재이다. 그런 예가 제30회에 나타난다. 삼장 일행은 여행하는 도중에 보상국(寶象國)이라는 곳에 도착한다. 그런데 이곳에서 손오공은 멋대로 굴어 삼장의 노여움을 사서 다시 자신의 고향인 화과산으로 쫓겨나게 된다. 손오공이 없는 상황에서 삼장은 요마의 법술 때문에 호랑이로 변해버리자, 저팔계는 하는 수 없이 구름을 타고 화과산의 손오공에게 구원을 요청하러 가게 된다.

팔계는 백마가 시키는 대로 갈퀴를 거두고 도포를 여미고는 몸을 솟구쳐 구름을 잡아타고는 화과산으로 향했다. 이번에도 당승은 구원을 받을 운명에 놓여 있었던지라, 팔계는 순풍을 만나 두 귀를 곧추세우고 연처럼 훨훨 날아서 어느덧 동양대해를 건너 화과산에 이르렀다. 마침 아침 해가 솟아오르고 있었으므로 팔계는 길을 찾아 산속으로 들어갔다.

眞個呆子收拾了釘鈀, 整束了直綴, 跳將起去, 踏着雲, 徑往東來. 這一

回, 也是唐僧有命. 那呆子正遇順風, 撐起兩個耳朵, 好便似風篷一般,

早過了東洋大海, 按落雲頭. 不覺的太陽星上, 他却入山尋路. (제30회)

　이처럼 저팔계는 손오공처럼 자유자재로 다른 차원의 공
간을 출입할 수는 없지만, 역시 인간이 아니었기 때문에 공중
으로 날아올라서 다른 공간으로 이동할 수 있는 능력이 있었
던 것이다.

사오정 – 완충적 존재

사오정은 『서유기』 속에서 자신의 개성을 거의 드러내지 않으며, 또한 싸움에 직접 참여하는 경우도 드물다. 그러나 그는 이야기의 구조에서 손오공과 저팔계 사이의 갈등을 완화시켜준다. 그도 역시 예전에는 일종의 신선이었다. 다행히 옥황상제의 눈에 들어서 권렴장군(捲簾將軍)이 된다. 권렴장군은 일종의 호위대장으로 옥황상제의 수레를 호위하거나 옥황상제가 사는 영소전(靈霄殿)을 지키는 것이 임무였다. 그런데 서왕모(西王母)가 반도회(蟠桃會)를 열 때 실수로 그녀의 옥유리를 깨뜨려, 이에 대한 처벌로 사형을 당하게 된다.

이때 다행히도 적각대선(赤脚大仙)의 구원으로 매만 맞고 유사하(流沙河)로 귀양 오게 된다. 손오공처럼 천궁을 뒤집어버린 것도 아니고 저팔계처럼 항아를 희롱한 죄가 아니라, 단지 옥유리잔을 깨뜨렸을 뿐이었다. 세 개의 죄목을 비교하자면 가장 형량이 작은 죄라고 할 수 있다. 사오정은 죄목이 그다지 큰 편이 아닐 뿐만 아니라 또한 다른 제자들에 비해서 '딴 마음'을 거의 품지 않았다. 예를 들면, 제23회에서 미인들이 유혹할 때에도 사오정은 눈 하나 까딱하지 않고 외면하였다.

> 중문이 삐걱 하고 열리면서 두 쌍의 초롱과 한 쌍의 주전자가 나타나고, 그윽한 향내와 함께 부인이 세 딸을 이끌고 나왔다. (중략) 딸들이 한 줄로 늘어서서 삼장에게 절을 하는데, 과연 그 아름다움은 이루 다 말할 수가 없을 지경이었다. (중략) 삼장은 합장을 하고 고개를 숙였다. 손오공은 보고도 못 본 체하고 사오정은 아예 외면을 했다. 오직 팔계만은 정신없이 여인들을 뚫어지게 바라보고 있었다.
>
> 又聽得呀的一聲, 腰門開了, 有兩對紅灯, 一副提壺, 香雲靄靄, 環珮叮叮 那婦人帶着三個女兒, 走將出來, (중략) 那女子排立廳中, 朝上禮拜, 果然也生得極致 (중략) 那三藏合掌低頭, 孫大聖佯佯不睬, 少沙僧轉背回身. 你看那猪八戒, 眼不轉睛, 淫心紊亂. (제23회)

사오정은 '미인'이라는 관문을 무사히 통과한다. 저팔계가 이 관문에서 허우적거리는 모습과는 대조적이다.

게다가 경전을 얻으러 가는 도중에 일행 사이에 내부적인 견해 차이가 생겼을 때에, 이것을 조율하는 역할도 또한 사오정의 몫이다. 제81회에서 삼장이 요마에 의해 납치를 당하자 화가 난 손오공은 팔계와 사오정을 때려 죽이려고 한다. 이때 사오정은 조용히 사리를 따지면서 설득하자 손오공도 따르지 않을 수가 없었다.

그리고 사오정은 비록 손오공과 같은 재주나 팔계와 같은 힘은 없지만, 문제가 생겼을 때에 사려 깊게 생각해서 문제를 돌파할 계기를 찾아낸다. 제41회에서 홍해아(紅孩兒)라는 요마가 삼장을 잡아가버렸는데, 이 요마는 또한 삼매진화(三昧眞火)라는 불을 일으킬 수 있는 능력을 가지고 있어서 손오공조차 속수무책이었다. 이때 사오정은 좋은 방법을 생각해낸다.

> 오정이 말한다. "내게는 그럴 만한 수단도 없고 요마를 이길 만한 힘도 없어. 다만 형들이 부질없이 서두르고 있는 게 웃겨서 그래." "우리가 부질없이 서두르고 있다는 거냐?" "요마의 수단이 형보다 못하고 요마의 창 쓰는 솜씨가 형보다 못한데, 단지 불이 무섭다고 이길 수 없단 말이지? 내 생각엔 상생상극의 묘법을 써서 그놈을 친다면 문제없이 이기겠구먼." 오공이 그 말을 듣고 껄껄 웃었다. "음 그 말이 그럴 듯하구나. 우린 공연히

서두르기만 하다가 그걸 깜박 잊고 있었는 걸."

沙僧道：“我也沒甚手段, 也不能降妖. 我笑你兩個都着了忙也.” 行
者道：“我怎麽着忙?” 沙僧道：“那妖精手段不如你, 槍法不如你, 只
是多了些火勢, 故不能取勝. 若依小弟說, 以相生相克拿他, 有甚難
處?” 行者聞言, 呵呵笑道：“兄弟說得有理. 果然我們着忙了, 忘了
這事.”(제41회)

이렇게 사오정은 자신의 능력은 형들만 못하다는 것을 자
각하고 있지만, 형들이 가지지 못한 침착함으로 위기의 순간
에 지혜를 보태주고 있었다. 사오정은 여행 중에 나서서 요마
와 싸움을 하거나 음식을 구해오거나 하지 않았지만, 일행의
구심점으로서의 역할을 수행하고 있었던 것이다.

그뿐만 아니라 삼장이 팔계를 두둔하는 데 비해서, 사오정
은 누구보다도 손오공의 능력을 믿고 그의 편을 들어준다. 제
49회에서 팔계가 손오공을 속여서 그를 물에 던져 넣었을 때
의 사오정의 자세를 보자.

"둘째형(팔계를 지칭함)! 이게 무슨 짓이야? 길을 걸을려면 조심
해서 걸을 게지. 큰형은 도대체 어디로 간 거야?" 팔계가 대답
했다. "원숭이 녀석이 여간 약골이 아닌가 봐. 조금 자빠졌을 뿐
인데 어느 겨를에 흔적 없이 사라지고 말다니, 원 쯧쯧. 까짓 거

그놈이 없어도 괜찮아. 우리끼리 가서 스승님을 찾아보자." "그건 안 돼. 아무래도 큰형이 있어야 해. 큰형이 물에는 익숙지 못하지만 신통력은 우리보다 훨씬 낫단 말이야. 큰형 없인 난 따라가지 않을 테야."

"二哥, 你是怎麽說" 不好生走路, 就跌在泥里, 便也罷了, 却把大哥不知跌了那里去了!" 八戒道："那猴子不禁跌, 一跌就跌化了. 兄弟, 莫管他死話, 我和你且去尋師父去." 沙僧道："不好, 還得他來. 他雖不知水性, 他比我們乖巧. 若無他來, 我不與你去."(제49회)

이처럼 사오정은 삼장에 대한 충성심이 제자들 중에 가장 강했으며, 그런 충성심으로 제자들이 흩어지려는 위기의 순간마다 구심점 역할을 한다. 또한 그는 인간이 아닌 요마와 비슷한 존재였기 때문에 구름을 부리고 다른 공간으로 이동할 수 있었다.

용마-삼장의 다리 역할

일행 중에 용마는 말의 모습을 하고 있기 때문에 삼장을 태우고 길을 가게 된다. 그런데 이 용마도 보통 용마가 아니었다. 제8회를 보면, 용마는 서해 용왕 오윤(敖潤)의 아들인데, 장난으로 불을 질러서 궁전의 명주(明珠)를 다 태워버렸다. 그래서 아버지인 용왕이 천상에다가 상소를 올려 이 아들을 처벌해 달라고 하였다. 옥황상제는 이 용에게 삼백 대의 매를 때리고 사형에 처하도록 하였다. 그런데 마침 관음보살이 그를 보게 되어, 옥황상제에게 살려주도록 청하게 된다. 이런 연유로 용마도 대열에 합류하게 되는 것이다.

제15회를 보면, 이 용마는 신통력을 가지고 있기 때문에 처음 삼장 일행을 만났을 때 사람의 모습으로 변할 수 있었다.

용은 물결 위로 솟구쳐 밖으로 나왔다. 그러고는 사람의 모습으로 둔갑해서 구름을 딛고 서서 보살을 향해 배례를 했다. "전 보살님의 구원을 받고 분부대로 여기서 경을 가지러 가는 사람을 기다리고 있습니다만, 지금까지 아무런 소식도 듣지 못하고 있습니다."

那小龍翻波跳浪, 跳出水來, 變作一個人象, 踏了雲頭, 到空中對菩薩禮拜道: "向蒙菩薩解脫活命之恩, 在此久等, 更不聞取經人的音信."(제15회)

또한 제30회 보상국에서 용마의 활약이 나온다. 당시에 손오공은 삼장의 노여움을 사서 화과산으로 돌아가게 된다. 손오공이 없는 사이에 마주친 보상국의 요마는 자신과 겨루던 사오정을 사로잡아버리고 팔계는 요마가 자신과는 비교가 안 되는 법술을 지녔다고 생각해서 도망가 숨어버렸다. 삼장은 요마의 신통력으로 인간의 모습에서 호랑이로 변해버렸다. 용마는 그냥 상황을 지켜볼 수만은 없어서 용으로 변해 요마와 한바탕 겨루지만 요마의 공력으로는 상대가 되지 않았기 때문에 다리만 다치게 된다. 간신히 요마의 손아귀에서 도망친 용마는 숨어 있던 팔계를 만나 화과산에 있는 손오공에게 도움을 요청하자고 설득한다.

이처럼 용마는 일행이 모두 어려움에 빠지면 마지막 히든카드처럼 나타나서 해결의 실마리를 준다.

패잔병들의 자기구제책 —서천취경

『서유기』에서 삼장을 수호하면서 여행을 하는 네 명의 제자들은 모두가 인간이 아닌 동물적 존재였다. 그런데 동물적 존재가 다른 공간을 연결해 준다는 것은 중국인의 오랜 관념이었다. 특히 『서유기』에서는 제자들의 이런 동물적인 속성 때문에 지상뿐만 아니라 다른 여러 세계를 통행할 수 있었던 것이다.

또한 『서유기』의 인물 설정을 보면 제자들은 서로 간에 성격적으로 확연히 다른 인물들로 이루어져 있다. 그리고 이런 제자들의 면모는 전쟁터에서 낙오한 패잔병과 비슷하다. 이런 자들이 삼장과 더불어 여행을 하고 어려움을 극복해내고 있다. 이 제자들은 천상에서 큰 공을 세운 명성 때문에 삼장을 호위하는 것이 아니라, 천상이나 용궁에서 한 가지씩 큰 죄를 짓고서 그 죄에 대한 속죄로서 여행에 참가하게 된다.

이런 상황은 『서유기』라는 작품만 아니라 현대의 전쟁영화에서도 적지 않게 등장한다. 특히 제2차 세계대전을 배경으로 독일 나치의 중요시설을 폭파하기 위해 죄수 전문가들을 고용하는 영화들이 적지 않다. 그런데 이런 죄수 전문가들의 집합인 죄수 특공대의 대장은 대체로 현역군인으로서 목적의식이 뚜렷하다. 반면에 나머지 죄수 특공대들은 자신들의 죄과에 대한 빅딜(Big Deal)의 의미를 가지고서 일행에 끼게 된다. 이들은 폭파 전문가이거나 전기 전문가 혹은 금고 전문가들로 구성되어 있다. 즉, 일반 사람들이 가질 수 없는 특수한 능력을 가지고 있다. 그런데 만약 이 영화에서 이런 전문가들이 죄수가 아닌 일반 군인이었으면 어떠했을까? 그럴 경우에 영화를 보는 시청자들은 납득할 수 없었을 것이다. 왜냐하면 영화에서의 임무는 위험성이 높아서 자발적인 참여 유도는 거의 힘든 상황이며, 이런 위험스런 임무를 자발적으로 맡으려고 하는 군인이란 상식적으로 존재하지 않기 때문이다. 상식을 뒤집어 엎는 납득할 수 없는 논리로 영화가 진행된다면 누구도 이 영화를 보러 가지 않을 것이다.

『서유기』의 주인공인 삼장을 비롯한 제자들은 이런 전쟁영화의 등장인물들과 아주 비슷한 면모를 보인다. 삼장은 전쟁

영화의 대장과 마찬가지로 뚜렷한 목적이 있다. 그러나 나머지 제자들은 경을 취하러 간다기보다는 자신들의 죄과를 속죄하기 위해 가는 면이 더 강하다. 이런 면에서 『서유기』의 주인공들의 인물 설정은 앞의 전쟁영화와 마찬가지로 재미있는 요소를 가지고 있다고 할 수 있다. 여기에서 한 걸음 더 나아가, 『서유기』에 등장하는 제자들은 단순히 보통 인간들이 가질 수 없는 능력을 가지고 있을 뿐만 아니라 인간세계가 아닌 다른 세계까지도 마음대로 드나들 수 있다. 전쟁영화에 비해서 이야기가 훨씬 다양하게 전개될 여지가 있었던 것이다.

2 장 __ 여행길의 훼방자들—요마들의 모습

西 遊 記

우마왕 가족 – 애정과 질투의 소용돌이

비중있는 조연들의 활약

중국 고대소설에서는 적지않은 요마들이 등장한다. 그들은 개별적으로 행동하고 또 개성들도 두드러지지 않았다. 그런데 『서유기』의 요마들은 다르다. 이 요마들은 개성이 강한 요마들이다. 요마로서의 자부심도 있고 자신들의 개별적인 욕망도 지니고 있다. 다시 말하면 소설에서 조연급들도 자기 색깔을 가지게 되었다. 특히 눈에 띄는 요마집단으로는 우마왕 가족과 금각 · 은각 대왕이 있다. 그리고 그 외에도 요마들끼리만 고립되어 사는 것이 아니라 인간들과 폭넓은 관계를 맺는 요마들이 있다.

우마왕과 손오공

우마왕 가족들을 살펴보면 우마왕이 가장이며, 화염산과 관계되는 철선공주 나찰녀(鐵扇公主 羅刹女)가 아내이고, 자식으로는 호산(號山)을 지키는 홍해아가 있다. 그런데 그뿐만 아니라 우마왕은 첩까지 거느리고 있다. 바로 옥면공주(玉面公主)이다. 그리고 우마왕의 형제로서 여의진선(如意眞仙)도 등장한다.

『서유기』 출현 이전의 『서유기잡극(雜劇)』에도 홍해아, 철선공주가 등장한다. 그런데 이 잡극에서는 홍해아는 철선공주의 자식이 아니었고, 철선공주 또한 남편이 없는 상태였다. 우마왕의 출현은 더욱 늦은 것으로 보인다. 『서유기』에서는 그들이 가족적 그물망 안으로 모이고, 여기에 여의진선, 옥면공주 등을 덧붙여서 하나의 가족을 구성하였다.[23] 그리고 소설 『서유기』에 들어서서는 더욱 완전한 가족관계를 이룬다.

우마왕 가족의 구성을 자세히 살펴보자. 아버지격인 우마왕은 본래 소이다. 또한 제4장에서 손오공이 아직 경전을 구하러 나가기 전, 화과산에서 왕 노릇을 할 때의 결의형제이다. 이 당시의 우마왕은 손오공이 제천대성(齊天大聖)이라고 자칭했을 때, 이것에 호응해서 평천대성(平天大聖)이라고 자칭하였다.

(손오공이 말한다) "이왕 내가 제천대성이란 이름을 쓰게 된 바엔 여러 형제들도 모두 대성이란 이름을 쓰는 게 어떻겠소?" 그러자 우마왕이 남보다 먼저 맞장구를 쳤다. "동생의 말이 참말 그럴 듯하구먼. 그럼 난 오늘부터 평천대성이라 하겠네."

"小弟旣稱齊天大聖, 你們亦可以大聖稱之." 內有牛魔王忽然高聲叫道："賢弟言之有理, 我卽稱做個平天大聖." (제4장)

이렇게 사이좋던 둘은 손오공이 서천 취경(取經) 길에 나서면서 하나는 삼장을 보호하는 제자로, 하나는 요마로서 등장하게 된다.

홍해아와 손오공의 격돌

제40~42회에는 우마왕의 아들인 홍해아가 등장한다. 홍해아는 화염산에서 삼백 년간의 수행을 통해 삼매진화를 단련하였다. 이 삼매진화는 보통의 불이 아니었기 때문에 홍해아와 겨룬 손오공도 몸을 못 움직일 정도로 부상을 당한다. 이렇게 누구보다 능력이 출중한 손오공이 부상을 입게 되자, 홍해아는 삼장을 사로잡게 된다. 그리고 홍해아는 사로잡은 삼장의 고기를 자신의 아버지와 함께 먹을 생각으로 부하를 시켜 아버지를 모셔 오도록 한다.

여기서의 홍해아는 요마이기는 해도 가족의 테두리 안에

있는 존재였다. 그래서 가족관계에서 중요시되는 덕목, 즉
'효도한다'는 생각으로 자신의 아버지를 청해서 삼장을 나
누어 먹으려고 했다. 이때 손오공은 우마왕의 모습을 알고 있
기 때문에 우마왕으로 변장해서 홍해아의 접대를 받는다. 그
러나 홍해아는 곧 손오공의 변장을 눈치채게 되고 둘은 격렬
히 싸운다. 결국 관음보살의 도움으로 홍해아를 사로잡게 되
는데, 관음보살은 그를 법문에 들여서 선재동자로 만들었다.
홍해아의 입장에서는 지상의 일개 요마에서 불계의 존경받
는 인물이 되는 변화를 맞게 된 것이다.

자모하와 낙태천

　　그리고 제53회에는 우마왕의 형제이자 홍해아의 삼촌인
여의진선이 등장한다. 그런데 이 부분에는 『서유기』 전체를
통틀어 보더라도 상당히 흥미로운 모티프가 나온다. 삼장 일
행이 자모하(子母河)라는 강을 건너서 도착한 곳은 서량여국
인데, 이곳은 여자들만 사는 곳이었다. 그런데 자모하의 물이
너무나 맑아서 삼장과 팔계가 덜컥 마셨는데, 30분도 지나지
않아서 둘 다 복통을 호소하면서 배가 점차로 불러오는 것이
었다. 알고 보니 이곳도 역시 사람들이 사는 곳이기 때문에
아이를 낳아야 했지만 여자들만 살기 때문에 이런 자모하가
존재했던 것이다.

이 자모하의 물을 마시고 낙태천에 비추어서 그림자가 둘이면 곧 아기를 낳게 되며, 아이를 원하지 않을 경우에는 남쪽 해양산(解陽山)의 파아동(破兒洞)이라는 동굴에 있는 '낙태천'의 물을 마시면 된다. 그런데 이 낙태천에 작년부터 여의진선이라는 신선이 나타나서 뇌물이나 술을 주어야만 겨우 물을 한 사발씩 주고 있었다. 이런 사정으로 낙태천의 물을 얻어야 하는 삼장과 팔계를 위해 손오공은 여의진선을 만나서 물을 나누어줄 것을 요구한다.

승려가 여자들의 나라에서 임신을 하고 '낙태천'의 물을 마셨다는 발상은 내용의 '세속화'라는 면에서 흥미진진한 부분이다. 아울러 우마왕 일가 속에는 아버지, 자식 관계뿐만 아니라 이제는 가족 관계가 더 확장되어 삼촌까지 등장하고 있다. 그리고 손오공이 이 여의진선과 싸울 때는 그를 무자비하게 밀어붙이지 않았다. 그는 자신과 우마왕과의 절친했던 인연을 설명하면서 우리가 꼭 싸워서 되겠느냐, 말로 해결하자고 먼저 제의한다. 요마를 단지 개별적인 요마로 본 것이 아니라 요마 가족의 한 구성원으로 본 것이다.

나찰녀와 옥면공주의 대결

『서유기』의 서술 순서대로 본다면, 홍해아 다음으로 등장하는 우마왕 가족으로는 제59~61회에 나오는 나찰녀와 옥면공주가 있다. 나찰녀는 화염산의 불을 다스릴 수 있는 파초선(芭蕉扇)을 가지고 있었으며, 사람들이 농사를 지을 수 있도록 10년에 한 번씩 이 부채를 사용해서 화염산의 불을 꺼주었다. 그런데 이 세 등장인물이 일종의 삼각관계에 빠져 있다. 나찰녀는 우마왕의 본처이고 옥면공주는 첩이라고 할 수 있는데, 당시에 우마왕은 첩에게 깊이 빠져 있어서 나찰녀가 안중에 없었다. 그런데 손오공이 파초선을 얻기 위해 우마왕으로 변장해서 그녀에게 가자 나찰녀는 그에게 자신의 온 정성을 바친다.

술이 몇 순배 돌아가자 나찰녀는 벌써 색정이 부풀어 오르기 시작하였다. 그래서 (우마왕으로 변한) 손오공 곁에 바싹 붙어앉아 아양을 떨기 시작했다. 손오공의 손을 잡아끌고 간드러지게 소곤거리며, 어깨를 꽉 끌어안고 낮은 목소리로 속삭였다. 그녀는 또 술잔 하나로 손오공과 자기에게 번갈아 술을 부어 권하거니 마시거니 하면서 과일도 서로 나눠 먹었다. 손오공은 속으론 내키지 않았지만 겉으론 나찰녀의 수작을 받아주지 않을 수 없었다. 그러다 보니 나찰녀와 착 들러붙어 한 덩어리가 되어 있어야 했다.

酒至數巡, 羅刹覺有半酣, 色情微動, 就和孫大聖挨挨擦擦, 搭搭拈拈：携着手, 俏語溫存；幷着肩, 低聲俯就. 將一杯酒, 你喝一口, 我喝一口, 却又哺果. 大聖假意虛情, 相陪相笑；沒奈何, 也與他相倚相偎. (제60회).

한편 첩인 옥면공주의 경우는 우마왕을 빼앗길까 봐 전전 긍긍하고 있었다. 일례로 우마왕에게 소식을 전하려는 나찰녀의 서신이 자신의 거처로 전해지자 화를 낸다.

"더러운 계집년이 무례해도 분수가 있지! 우마왕이 내 집에 온 지 이태도 안 되는 동안에 내가 저한테 금은보석과 능라주단을 얼마나 보내주었으며, 철따라 땔나무며 먹을 것은 또 얼마나 보내주었더냐! 그래도 염치없이 또 우마왕을 보내 달라고?" 이것을 들은 손오공은 참지 못하고 한마디 한다. "원 돼먹지 못한 계집년 같으니라고! 재산을 미끼로 우마왕을 꾀어냈으니, 결국은 돈으로 사내를 산 셈이로구나! 그러고도 수치스러운 줄은 모르고 도리어 누굴 책망하는 거냐?"

"這賤婢, 着實無知! 牛王自到我家, 未及二載, 也不知送了他多少珠翠金銀, 綾羅緞匹；年供柴, 月供米, 自自在在受用, 還不識羞, 又來請他怎的!" 大聖聞言, 情知是玉面公主, 故意子掣出鐵棒大喝一聲道："你這潑賤, 將家私買住牛王, 誠然是陪錢嫁漢! 你倒不羞, 却敢罵誰!"(제60회)

이 삼각관계는 요마들의 관계이겠지만, 이것은 또한 당시 일상생활의 판박이라고도 할 수 있을 것이다. 게다가 각각의 요마들은 인간들과 똑같이 민감한 질투의 감정 때문에 처첩

간의 신경전이 펼쳐지기도 한다. 사실 나찰녀라는 인물은 상당히 흥미롭다. 그녀는 『서유기』 속에서 손오공과 맞서 싸우는 몇 안 되는 여성형 적수이다. 게다가 법술로도 손오공에게 뒤지지 않는다. 개인적으로는 이 나찰녀의 심리와 생활을 좀 더 확대해서 세밀히 묘사해도 굉장히 재미있는 이야기가 나올 것만 같다. 게다가 우마왕과 나찰녀, 그리고 옥면공주가 얽힌 이야기는 한 편의 장편소설로 써도 손색이 없을 것 같다. 혹은 한편의 영화로 만들어도 좋은 영화가 나올 것 같다. 어쨌든 여기에 나오는 나찰녀와 옥면공주는 명나라 시대 『서유기』 작가의 눈에 비친 여성들의 전형일 것이다. 그녀들은 한 남자를 차지하기 위해 감정 싸움을 벌이고 있으며 애정에 목말라 하고 있다.

인간세계로 들어온 요마 가족의 좌충우돌

이렇게 가족까지 얽힌 상태로 손오공과 우마왕은 엎치락뒤치락 싸우게 되는데, 이 싸움은 쉽사리 끝나지 않는다. 이처럼 결판이 나지 않게 되자, 결국 여래와 태상노군의 원군이 도착하게 된다. 우마왕은 결국 강력한 적들에게는 항복할 수밖에 없었고 나찰녀는 손오공에게 파초선을 바치게 된다.

우마왕 일가족은 인간세상과 직접적인 연관을 맺으면서 살아가고 있었다. 나찰녀는 화염산을 좌우하는 파초선으로

우마왕의 아내 철선공주 나찰녀와 그녀의 아들 홍해아.

인간세계의 사람들과 직접적인 연관을 가지고 있었으며, 여의진선도 역시 인간세상에서 낙태천의 물을 팔아서 축재를 하고 있었다. 그런데 이들 우마왕 일가족은 단순히 요마들이 인간세계로 들어왔다는 점뿐만 아니라 인간들처럼 하나의 가족을 이루고 있고, 각각의 구성원들이 가족에 대한 애착을 가지고 있다.

『서유기』의 많은 분량을 차지하고 있는 우마왕 가족과 관련된 이야기에서 중요한 점은, 이들이 자신들의 영역뿐만 아니라 인간세계까지 들어왔다는 점을 넘어서서 이들 간의 관계가 인간관계 그 자체라는 점이다. 이것은 다른 의미에서 요마들의 삶이 또 다른 인간의 삶으로 '겹쳐지고' 있음을 뜻한다.

금각·은각 대왕-효성스런 자식들

우마왕 일가처럼 혈연관계를 보이는 또 다른 경우로는 평정산에 사는 금각(金角)대왕과 은각(銀角)대왕을 들 수 있다. 이들에게는 어머니가 있었으며 이 두 아들 요마들은 그들의 어머니를 공경하였다. 이 둘은 손오공과의 대결에서 손오공이 그들의 뜻대로 호락호락하게 물러서지 않자 어머니가 가지고 있는 보물이 생각났다. 그래서 그들은 어머니에게서 보물을 빌려올 생각을 한다.

" '황금승'은 압룡산 압룡동에 계시는 어머님께 맡겨두었지. 이제 곧 졸개 두 놈을 보내서 어머님께 당나라 중의 고기를 잡수러 오시도록 기별하면서, 오시는 길에 그 '황금승'을 가져오시게 해서 그걸로 손오공을 잡는 거야."

"那一條'幌金繩', 在壓龍山壓龍洞老母親那里收着哩. 如今差兩個
小妖去請母親來吃唐僧肉, 就教他帶幌金繩來拿孫行者."(제34회)

그러나 손오공은 그들이 어머니를 모셔오기 위해 파견한
부하를 죽이고, 자신이 그 부하의 모습으로 변해서 두 대왕
의 어머니인 요마 할미를 만난다.

이렇게 기세 좋게 나섰던 요마 할미는 결국 손오공의 손에
죽고 마는데, 죽고 나서 보니 꼬리가 아홉 달린 구미호였다.
그런데 위의 예문에서도 알 수 있듯이 요마 할미와 자식 요마
들과의 관계는 지극히 인간적이다. 그리고 요마 할미가 아들
들의 청을 받고 길을 나서는 모습은 대갓집의 부인이 행차하
는 모습과 다름이 없었다. 그리고 이 요마 할미는 자식인 금
각대왕과 은각대왕을 깊이 아껴서 그들의 요청에 아무 소리
없이 길을 나서게 된다. 이들의 모습에서도 우리는 요마들 간
에 생겨나는 인척관계를 발견할 수 있다.

인간과 요마의 접촉

요마들이 인간세계와 관련을 맺는 양상은 여러 가지로 전개된다.

첫째는 요마들이 인간을 뛰어넘는 능력을 가진 경우에 이 힘을 이용해서 인간들을 위협하는 경우가 있다. 이 '위협 요마'들은 요마 무리 중 가장 대표적인 모습이라고 할 수 있다. 이들은 인간을 뛰어넘는 능력으로 인간들을 괴롭혀서 삼장 일행의 일격을 당하게 된다.

둘째는 요마들이 여인으로 변해서 미모로 유혹하는 경우로 일종의 '미인계'라고 할 수 있다. 이 '미인계'라는 것은 인간세상에서도 자주 이용되는 술수의 한 방편인데 요마들이 이것을 응용하고 있다.

셋째는 인간에게 혜택을 줄 수 있는 능력을 발휘해서 인간세계로 들어오는 것이다. 이들이 이렇게 은혜를 내릴 수 있는 배경은 바로 인간을 뛰어넘는 능력을 지니고 있기 때문이다.

마지막 넷째로는 어떤 요마들은 때로 인간들과 친구로서 지내기도 하고, 인간세계의 여자와 결혼해서 아이를 낳아 기르기도 한다. 이는 인간과 교우하는 경우이다. 이처럼 교우하거나 자식을 낳는 경우는 요마세계와 인간세계의 벽이 거의 사라진 경우라고 할 수 있을 것이다.

위협하는 요마들

우선 첫째로 뛰어난 능력으로 인간세계에 들어오는 요마로는 제67회에 나오는 타라장(駝羅莊)의 요마가 대표적인 예이다. 이 요마는 원래 뱀인데 3년 6개월 전부터 홀연히 바람과 함께 이곳에 나타나서 소나 말은 말할 것도 없고, 사람조차 남녀를 불문하고 산 채로 잡아서 먹어치우고 있었다. 요마를 잡는 것이 특기인 손오공이 이 마을에 도착해서 이 소식을 듣고서는 자신이 잡아주겠다고 나선다. 이 요마는 인간세상을 아무런 거리낌없이 돌아다니고 있었는데, 인간세상이 이 요마의 활동영역이었던 것이다.

또한 제68~71회의 무대인 주자국(朱紫國)에 나타난 새태세(賽太歲)라는 요마도 마찬가지였다. 이 요마는 단오절에 바람처럼 주자국에 나타나더니 자신은 부인이 없으니 왕비인 금성궁(金聖宮)을 데리고 가야겠노라고 주장했다. 그리고 만일 세 번 재촉했는데도 내놓지 않는다면 먼저 주자국 국왕을 잡아먹고 뒤이어 여러 신하들과 성안의 모든 백성들까지 차례로 먹어치우겠다는 것이었다. 물론 이 사건도 손오공 일행이 해결한다.

미인계를 쓰는 요마들

둘째로 '미인계'를 쓰는 요마로는 제78회 비구국(比丘國)에서의 사건을 들 수 있다. 비구국에는 삼 년 전에 도사가 나타나 여자를 하나 상납했는데, 미모가 선녀 같아서 왕이 그 여색에 빠지고 말았다. 도사와 선녀 같은 여자는 역시 요마였다. 이들도 또한 자신들이 거주하던 세계나 인간세계를 별 차이가 없는 세계로 인식하고 인간세상에 내려와서 인간 모습으로 변해서 살아가고 있었던 것이다.

요마가 여인으로 변해서 인간들을 유혹하는 다른 경우로는 제81회에 나오는 함공산(陷空山) 무저동(無低洞)의 요마를 들 수 있다. 이 요마는 진해사(鎭海寺)라는 절에 나타나서 저녁에 북과 종을 치러 간 중들을 모조리 잡아먹어서 뼈만 남겨두었다. 아래의 진해사 스님들의 대화를 보자.

"저희들은 저녁이면 두 꼬마중을 내보내 종을 치고 북을 울리게 하곤 합니다. 그런데 요즘은 종소리와 북소리가 울린 뒤에도 사람이 돌아오지 않는단 말입니다. 이튿날 찾아가 보면 모자와 신발은 그대로 있는데 몸은 누구에게 먹혀 뼈만 뒤쪽 화원에 뒹굴고 있단 말입니다."

"我們晚夜間着兩個小和尙去撞鍾打鼓, 只聽得鐘鼓響罷, 再不見人回. 至次日找尋, 只見僧帽, 僧鞋, 丟在后邊園里, 骸骨尙存, 將人吃了."

(제81회)

이 사실을 안 손오공은 요마를 잡으려고 동분서주한다. 이 요마는 인간들의 세계인 사찰로 들어와서 활동하고 있었고, 더욱이 그에게 사찰이란 별다른 금기의 대상이 되지 않았다. 그런데 손오공과 맞닥뜨리게 된 요마는 본격적으로 손오공을 유인한다.

"아이, 젊은 스님, 무슨 경문을 읽고 계세요?" "발원을 하고 있습니다." (중략) 여인은 손오공을 끌어안고 입을 맞추었다. "저하고 저 뒤쪽에 가서 놀아보지 않겠어요?" (중략) "제가 이처럼 뭇별이 반짝이고 달빛이 교교한 밤에 천리 밖에서 당신을 찾아와 만나게 된 것도 우리가 서로 인연이 있기 때문이 아니겠어요? 어서 저와 함께 후원에 가서 운우의 정을 나누시자고요." 손오공은 속으로 머리를 끄덕였다. '그 어리석은 꼬마중들은 모두 이년의 이런 꼬임에 넘어가 목숨을 잃었구나. 이년이 이번엔 나를 유혹해볼 생각이로군.'

"小長老, 念的甚麼經?"行者道："許下的"(중략) 女子摟住, 與他親個嘴道："我與你到後面耍耍."(중략) "趁如今星光月皎, 也是有緣千里來相會, 我和你到后園中交歡配鸞儔去也."行者聞言, 暗点頭道："那幾個愚僧, 都被色慾引誘, 所以傷了性命. 他如今也來哄我."(제81회)

이처럼 요마가 손오공을 유혹하는 모습은 인간 남녀가 수작하는 모습이며, 인간들이 살아가는 모습 자체였다.

은혜를 베푸는 요마들

셋째로 인간에게 혜택을 베푸는 경우는 차지국(車遲國, 제44~46회)의 요마들을 들 수 있다. 이 요마들은 원래 호랑이, 사슴, 양인데 인간인 도사의 모습으로 변해서 이 나라에서 권세를 잡고 있었다. 이 세 요마는 20년 전 차지국에 큰 가뭄이 들었을 때 갑자기 등장해서 비를 내리는 도술을 부려 왕의 신임을 얻었다. 그리고 스님들의 무능함을 책하여 심하게 박해를 받도록 하였다. 이 요마들은 인간의 모습으로 변해서 자신들의 영역이 아닌 인간세계에서 인간을 부리며 살고 있었다. 그들은 결국 손오공과 겨루다가 모두 죽게 된다.

인간과 교제하는 요마들

넷째로 인간과 교우하는 경우가 있다. 이런 경우 요마들의 삶의 영역과 인간세계는 어떠한 단절감도 없는 혼연일체된 모습이다. 우선 인간들과 친구로 지내는 요마로는 흑풍산(黑風山)의 흑웅괴(黑熊怪, 제16~17회)의 경우를 들 수 있다. 흑웅괴는 관음원(觀音院)이라는 절의 스님들과 친한 사이여서, 관음원에 불이 났을 때 도와주려고 했다. 그리고 인간세계의 여자와 부부의 인연을 맺고 사는 경우로는 보상국(寶象國, 제28~31회)의 황포괴(黃袍怪)를 들 수 있다. 그는 인간인 공주를 잡아다가 아내로 삼고 있었으며, 이 아내와의 사이에서 아이까지 낳아서 기르고 있었다. 그는 심지어 공주가 원래 살고 있던 나라까지 찾아와서 자신이 상당히 괜찮은 사위임을 과시한다. 아래에서 그 상황을 보도록 하자.

요마는 옥좌의 섬돌 아래까지 이르러 다른 사람들과 마찬가지로 예를 올렸다. 여러 신하들은 그의 늠름한 풍채와 아름다운 얼굴을 보고는 아무도 감히 요마로 생각지 못했고, 국왕은 도리어 그를 마치 세상이라도 구제할 만한 인물로 여겼다.

他一般的也舞蹈山呼的行禮. 多官見他生得俊麗, 也不敢認他是妖精. 他都是些肉眼凡胎, 却當做好人. 那國王見他聳壑昂霄, 以爲濟世之梁棟. (제30회)

그러나 술이 거나해지자 요마는 호랑이가 되어서 주위의 사람들을 잡아먹는다. 이 이야기에서 중요한 점은 그가 인간인 공주와 함께 자신의 영역에서 살다가 인간세계까지 들어왔다는 점이다. 황포괴에게는 자신이 사는 영역에 인간인 공주가 와서 살아도 괜찮았고 자신이 공주의 나라에 가도 아무런 문제가 없었던 것이다. 그에게 있어서는 요마인 자신이 사는 세계와 인간들의 세계는 같은 세계로 인식되고 있었다.

이런 네 가지 경우 이 외에 요마는 아니지만 주인공 일행 중 하나인 저팔계도 재미있는 면이 있다. 제18회에는 저팔계가 고로장(高老莊)에서 고씨의 딸을 아내로 취해서 살아가는 모습을 표현하고 있다. 그는 처음 그곳에 나타났을 때에는 일도 부지런히 했다. 그러나 저팔계는 시간이 지날수록 엄청난 양을 먹어치우고 풍운의 조화를 부려서 이웃집까지 놀라게 하였다. 그가 이 동네 등장할 때의 모습을 보자.

> 3년 전에 뜻밖에도 한 사나이가 찾아오지 않았겠습니까? 겉보기엔 퍽 얌전하게 생긴 위인이었어요. 자기 소개로는 복릉산에서 왔고 성은 저라고 하는데 부모도 형제도 없는 홀몸이라 데릴사위가 되는 게 소원이라는 거예요. 그래서 전 그놈의 소원대로 사위로 맞아주었지요. 그놈도 처음엔 놀라울 정도로 부지런하더군요. 밭을 가는 데는 소의 힘을 빌리지 않고, 가을걷이도 연

장을 안 쓰고 척척 해냈단 말입니다. (중략) 그런데 먹새는 또 얼마나 대단한지, 한 끼에 네댓 말의 밥은 문제없이 축내고, 아침에만 떡을 백여 개는 먹어야 성이 차지요.

不期三年前, 有一個漢子, 模樣兒倒也精致, 他說是福陵山上人家, 姓猪, 上無父母, 下無兄弟, 願與人家做個女婿. 我老拙見是這般一個無根無絆的人, 就招了他. 一進門時, 倒也勤謹: 耕田耙地, 不用牛具; 收割田禾, 不用刀杖 (중략) 食腸却又甚大: 一頓要吃三五斗米飯; 早間點心, 也得百十個燒餅才彀. (제18회)

그래서 고로장의 주인은 하인을 다른 지방으로 보내 대법사를 초청해서 저팔계를 물리치고자 하였다. 손오공이 지상이 아닌 화과산이나 천상에서 활약했던 것, 그리고 사오정이 유사하라는 자신의 강에서 살았던 것과는 달리, 저팔계는 인간들이 살고 있는 고로장으로 침투해 들어왔다. 그는 요마들처럼 인간세계에 있었던 것이다.

인간세계에서 싸우는 요마들

구두사자와 옥토끼

　삼장의 제자들과 싸우는 요마들 중에는 인간세계에서 싸우는 경우도 있다. 우선 옥화성(玉華城)의 구두사자(九頭獅子)가 등장하는 이야기(제87~90회)에서 구두사자는 삼장 일행이 가진 무기에서 뿜어져 나오는 빛을 보고 일행이 여행하고 있는 장소로 찾아와서 이 무기를 가져가 버린다.

　이날 밤 난데없는 노을과 서기를 발견한 요마는 곧 구름을 잡아타고 달려왔다. 구름을 낮추어 성안에 이르러 보자, 세 개의 신기한 무기가 빛을 뿜고 있는 게 아닌가! 요마는 여간 기쁘고 탐나지 않았다. "이것 봐라! 정말 굉장한 보물이로구나! 어떤 사람이 쓰던 것인데 여기다 놓아둔 것일까?(중략) 그렇지, 이건 내게 인연이 있기 때문일 거야. 어서 가지고 가자!" 요마는 한 자락 바람을 일으켜 세 개의 무기를 한아름 걷어 안고, 단숨에 자기의 동굴로 돌아가버렸다.

夜坐之間, 忽見霞光瑞氣, 卽駕雲頭而看. 原是州城之光彩, 他按下雲來, 近前觀看, 乃是這三般兵器放光. 妖精又喜又愛道: "好寶貝! 好寶貝! 這是甚人用的, 今放在此?(중략) 也是我的緣法, 拿了去呀! 拿了去呀!" 他愛心一動, 弄起威風, 將三般兵器, 一股收之, 徑轉本洞. (제88회)

이런 이유로 구두사자 휘하의 사자 요마들과 삼장의 제자들 사이에 싸움이 벌어지게 된다. 그런데 이들이 싸우는 무대는 옥화성이라는 인간들이 사는 동네였다. 싸움의 광경을 보자.

난데없는 광풍이 일며 하늘과 땅이 삽시에 어두워졌다. 성 밖에 있던 사람들은 황급히 남녀가 서로 이끌고 부축하며 성안으로 피해 들어갔다. 성문을 지키던 문지기들은 성문을 굳게 닫고 왕부에 급보를 전했다. "야단났습니다! 야단났습니다!" 폭사정에서 조반을 들고 있던 왕자들과 삼장은 그 소리를 듣고 몸소 문밖에 나와 사정을 물었다. 문지기들이 사실을 고한다. "요마들이 모래와 돌을 날리고 안개를 피우고 바람을 일으키면서 성안으로

들이닥치고 있습니다." 크게 놀란 옥화왕은 쩔쩔맸다. "이 일을 어떡하면 좋소?"

只聽得那風滾滾, 霧騰騰, 來得甚近. 唬得那城外各關廂人等, 拖男挾女, 顧不得家私, 都往州城中走. 走入城門, 將門閉了. 有人報入王府中道: "禍事! 禍事!" 那王子唐僧等, 正在暴紗亭吃早齋, 聽得人報禍事, 却出門來問. 衆人道: "一群妖精, 飛沙走石, 噴霧掀風的, 來近城了!" 老王大驚道: "怎麽好?" (제89회)

또한 제93회~95회에 등장하는 옥토끼는 천축국(天竺國) 공주의 모습으로 변해서 공주 노릇을 하고 있었다. 그리고 진짜 공주는 포금사(布金寺)라는 절에 데려다놓았다. 그런데 이 가짜 공주는 손오공에게 정체가 탄로나자 바로 싸움으로 들어가게 되는데 이 싸움은 인간들도 모두 볼 수 있는 장소에서 전개된다.

서로가 물러설 줄 모르고 맞부딪쳐 쨍그렁쨍그렁 쾅쾅 울리는 쇳소리와 떠들썩한 고함소리가 퍼져 나갔는데, 하늘 가득히 구름과 안개가 피어올라 대낮의 햇살을 가려버렸다. 그들이 이렇게 허공에서 싸우는 것을 본 성안의 온 백성들은 겁에 질려 어쩔 줄을 몰라 했고, 왕궁의 백관들도 간이 콩알만해져 떨고만 있었다. 삼장은 국왕을 부축하고 위안했다. "두려워 마십시오!

그리고 황후님과 여러분들께서도 두려워 마시라고 일러주십시오. 폐하의 공주는 가짜였습니다. 이제 제 제자가 저것을 붙잡게 되면, 그 정체가 밝혀질 것입니다."

喧喧嚷嚷兩相持, 雲霧滿天遮白日. 他兩個殺在半空賭鬪, 嚇得那滿城中百姓心慌, 盡朝里多官膽怕. 長老扶着國王, 只叫"休驚! 請勸娘娘與衆等莫怕. 你公主是個假作眞形的. 等我徒弟拿住他, 方知好歹也."(제95회)

인간을 닮고 싶은 요마들

인간은 손오공이나 요마처럼 날아올라서 싸움을 할 수 없는 존재이다. 이것은 인간들의 활동 공간이 이들 인간이 아닌 존재들의 영역과는 다르기 때문이다. 그런데도 『서유기』에서 인간들은 이들 다른 존재들이 다른 공간에서 싸우는 것을 똑똑히 구경할 수 있었다. 이것은 『서유기』에 등장하는 여행의 세계가 평범한 세계가 아니었기 때문에 가능했다.

이 밖에도 금각·은각 대왕(제32~35회)이나 홍해아(제40회), 그리고 백골 요마(尸魔, 제27회) 등은 모두가 인간의 모습으로 삼장을 유혹하였다. 이처럼 요마들이 자신들의 본래의 모습을 두고서, 수단적인 성격이기는 하지만 인간 모습으로 변했다는 점은 간과할 수 없는 중요성을 지닌다. 역으로 인간이 요마로 변하는 경우는 거의 없다. 이것은 이 요마들이 자신들

의 영역이 아닌 인간세계로 침투하려는 경향을 보여주는 것
이라고 할 수 있다. 이 요마들이 닮고 싶어하는 존재는 인간
이었으며, 그들은 인간 존재로서 살아가고자 하였다. 또한 그
들에게 인간 세상은 바로 '삶의 영역' 자체였다. 즉, 그들의
영역과 인간세상은 이미 겹쳐서 존재하고 있었다.

3 장 ── 『서유기』 속의 인간들

西 遊 記

아버지 진광예와 아들 삼장 − 길 떠나는 인간

『서유기』에는 제8회와 제9회 사이에 부록이 하나 들어 있다. 이 부록은 삼장의 어린 시절 이야기이다. 이야기의 초입에 등장하는 삼장의 아버지 진광예(陳光蕊)는 삼장의 어머니인 은온교(殷溫嬌)와 결혼해서 첫 부임지인 강주(江州)로 가게 된다. 그런데 도중에 강도인 유홍(劉洪)을 만나게 되고 유홍은 진광예를 때려 죽인다. 억울하게 죽음을 맞이한 진광예의 시체는 물속으로 던져지게 되는데 마침 이전에 그의 도움을 받았던 용왕이 진광예의 시신을 발견하고 그의 혼백을 찾아준다. 그리고 아울러 수부(水府)에 머무르도록 배려해 주었다.

"알고 보니 그런 일이었군요. 선생께서 전번에 놓아주신 그 금빛 잉어는 바로 저올시다. 선생은 나의 생명을 구해준 은인이십니다. 이번엔 선생께서 재난을 당하셨으니, 내가 어찌 보고만 있을 수 있겠소?" 용왕은 진광예의 시체를 잘 안치해 놓고는 입안에다 '정안주'를 물려 시체가 상하지 않게 한 다음, 장차 혼을 돌려 원수를 갚을 수 있도록 했다. "선생의 혼만은 당분간 나의 용궁에 머물며 도령의 벼슬을 해주시기 바라오." 광예가 엎드려 절을 하자 용왕은 주연을 베풀어 광예를 성의껏 대접했다.

龍王聞言道：“原來如此. 先生, 你前者所放金色鯉魚, 即我也. 你是救我的恩人, 你今有難, 我豈有不救你之理?”就把光蕊尸身安置一壁, 口內含一顆“定顔珠”, 休教損壞了, 日后好還魄報仇. 又道：“汝今眞魂, 權且在我水府中做個都領.”光蕊叩頭拜謝, 龍王設宴相待不題. (부록편)

후에 삼장이 성장한 후 아버지의 복수를 결심하게 되는데, 이때에 맞추어서 용왕도 용궁의 보물과 함께 진광예의 시신과 혼을 지상으로 올려 보낸다. 이 사건의 주인공 격인 진광예는 용궁 세계와 지상을 경험하고 있다. 다시 말하면, 현실 세계와 비현실 세계를 모두 경험하는 인간이다.

이렇게 여러 공간을 경험하는 인간으로는 삼장도 있다. 삼장은 인간이 아닌 네 명의 제자들과 긴 여행을 떠나는데, 이 여행 중에 맞닥뜨리게 되는 대상은 대부분 요마들이다. 인간인 삼장이 요마들의 공간을 차례로 여행하고 있는 것이다. 심지어는 삼장이 여행한다는 사실을 알고서 천상의 많은 신들이 그의 신심(信心)을 시험하는 요마가 되기도 한다. 그리고 그의 몸은 요마들이 먹기만 하면 천지와 더불어 장수할 수 있으며, 여자 요마들이 그와 동침하게 되면 태을상선(太乙上仙)이 될 수도 있었다. 이렇게 요마를 홀리는 요소가 있었기 때문에, 삼장은 계속해서 요마들의 목표가 되어 수난을 당하게 된다. 그런데 요마들의 세계와 인간의 세계는 동일한 세계가 아님에도 삼장은 이 두 세계를 아무렇지도 않게 돌아다닌다. 특히 제26회 오장관(五莊觀)의 인삼과(人蔘果)를 살려내는 사건에서, 무대가 되는 오장관 자체가 인간세계가 아니라 일종의 신선세계라고 할 수 있다.

또한 하늘에 속한 존재인 수성(壽星), 복성(福星), 녹성(祿星)이 손오공의 어려움을 알고서 그를 위해 삼장에게 부탁하러 오장관에 나타나기도 한다. 이 별들은 삼장이 손오공에게 명령한 삼 일이라는 기일을 늦추어 줄 것을 부탁한다. 이처럼 삼장은 많은 요마를 만나게 되며 인간세상이 아닌 여러 세계들을 거쳐 지나가게 된다.

위징과 당 태종-다른 세계의 경험

명부를 드나드는 인간, 위징

삼장과 그의 아버지 이야기 말고도 『서유기』 속에 나오는 인간들 중 재미있는 특별한 예로는 위징(魏徵)과 당 태종(唐太宗)을 들 수 있다. 제9~10회를 보면 위징은 인간세계와 명부를 드나드는 사람이었다.

재상 위징이 간밤에 자기의 저택에서 향불을 피워놓고 천문을 살피고 있자니까, 문득 구천으로부터 학의 울음소리가 들려오는 가운데 천사가 옥제의 어명을 가지고 내려오는 것이었다. 그 어명에는 오시(午時) 삼각(三刻)에 꿈속에서 경하에 있는 용왕의 목을 베라는 것이었다. 천은에 배례를 하고 난 재상은 목욕재계를 하고 나서, 방안에 들어앉아 칼을 시험해 보고 기운을 길렀다.

魏徵丞相在府, 夜觀乾象, 正藝寶香, 只聞得九霄鶴唳, 却是天差仙使, 捧玉帝金旨一道, 着他午時三刻, 夢斬涇河老龍. 這丞相謝了天恩, 齋戒沐浴, 在府中試慧劍, 運元神. (제9회)

위의 예문을 보건대 그는 인간세계에서는 승상 위징이지만 명부세계에서는 용을 처형할 수 있는 사람이었다. 그렇다면 그런 일이 어떻게 가능한 것일까? 이것은 그가 인간세계에서 잠자리에 들 때, 즉 꿈을 통해 명부세계로 들어갔을 때에 가능한 것이었다. 다음을 보자.

"폐하! 저는 어젯밤에 옥제님으로부터 용의 머리를 베라는 어명을 받았습니다. 실은 방금 제 몸은 폐하 곁에서 잠들어 있었지만, 넋은 폐하를 떠나 과용대(剮龍臺)로 갔던 것입니다. 제가 천병들의 손에 포박되어 있는 그 용에게 '너는 하늘의 법도를 어겼으니 죽을 죄를 지었노라. 내 천명을 받들어 너를 처단하러 왔다.' 고 했더니, 그 용은 제발 목숨만 살려 달라고 구구히 애걸했습니다. 하지만 신은 어명을 어길 수가 없어서 칼을 들어 그의 목을 베었습니다. 용머리가 하늘에서 떨어져 내린 것은 바로 그 때문인 줄로 압니다."

"主公, 臣的身在君前, 夢離陛下. 身在君前對殘局, 合眼朦朧; 夢離陛

下乘瑞雲, 出神抖搜. 那條龍, 在剮龍臺上, 被天兵將綁縛其中. 是臣道：'你犯天條, 合當死罪. 我奉天命, 斬汝殘生.' 龍聞哀苦, 臣抖精神. 龍聞哀苦, 伏瓜收鱗甘受死; 臣抖精神, 撩衣進步擧霜鋒. 挖扠一聲刀過處, 龍頭因此落虛空."(제10회)

위 이야기에서 위징은 꿈을 통해 두 개의 세계에 동시에 존재하고 있는 특이한 경우이다. 꿈이 '이 세상'과 '저 세상'의 연결고리였다. 그런데 명나라 이전의 소설에 나타나는 꿈에 대한 이야기들과 비교했을 때, 『서유기』에서 인간 존재가 꿈을 통해 다른 비현실 세계로 들어간다는 설정은 비슷하다. 그러나 『서유기』의 위징은 꿈을 통해 '저 세상'에 가서 어떤 의미있는 행동을 할 수 있고, 그것이 인간세계까지 영향을 미치고 있다. '저 세상'에서 용의 머리를 치자 그 용의 머리가 인간세상에 그대로 떨어진 것이다. 위징에게는 인간세계와 비현실세계가 이미 같은 세계, 하나의 세계였다.

그리고 경하의 용왕은 자신이 처형당할 것을 알고, 당 태종의 꿈에 나타나서 목숨을 구걸한다. 이 청을 들은 당 태종은 경하 용왕의 말대로 용왕을 미래에 처형하게 될 승상 위징을 불러들인다. 그리고 위징에게 용왕의 처형을 중단할 것을 부탁한다. 그러나 처형은 진행되고 당 태종은 용왕의 청을 들어주지 못한 대가로 죽음을 맞이하게 된다. 일종의 저주의 효력이었다.

그런데 당 태종이 임종하기 직전에 재상인 위징이 도움을 준다. 위징은 자신의 친구인 최각(崔珏)이 죽어서 음부(陰府)의 풍도판관(酆都判官)으로 생사부(生死簿)를 관장하고 있는 것을 알고 있으며 꿈에서 자주 본다고 하였다. 그리고 죽음에 임박한 당 태종에게 편지를 한 장 써주고, 당 태종은 이 편지를 가진 상태에서 죽음을 맞게 된다. 저승에 도착한 당 태종은 다행히 최각을 만나 그 편지를 보여준다. 그리고 그의 도움으로 20여 년의 수명을 연장하고 다시 그의 안내를 받아 인간세상으로 돌아가게 된다.

당 태종이 겪은 명부

그런데 소설에서는 이 부분에서 명부에 대한 장황한 설명을 하고 있다. 당 태종이 나아가려는 길 앞에는 배음산(背陰山)이 나타나고, 당 태종은 여러 문을 통과하게 되는데 곳곳에서 처참한 신음소리가 들려온다. 이것은 바로 말로만 듣던 18층 지옥의 모습인 것이다. 그리고 태종이 이 문을 통과하자 두 개의 다리가 나타나는데, 하나는 은빛 찬란한 가운데 살아 생전에 부모님께 효도하고 나라에 충성한 선량한 사람들이 지나가는 것이 보이는데 비해, 다른 하나는 찬바람이 몰아치고 피가 날리는 내하교(奈何橋)였다. 당 태종은 내하교를 통과해서 왕사성(枉死城)에 들어서게 되었는데, 이 성에서는 당 태종을 알아본 귀신들이 몰려 왔다. 이들을 위로하기 위해 태종은 인간세계에 있는 하남(河南)사람 상량(相良)에게서 금은 한 곳간씩을 빌려서 귀신들에게 나눠주었다. 상량에게서 금은을 빌리게 된 내막은 아래와 같다.

"짐(당 태종)은 아무 것도 손에 쥔 것이 없는 몸인데, 어떻게 돈 같은 것이 있겠소?" "폐하, 이승에 있는 어떤 사람이 저희들의 저승에다 금과 은을 얼마간 맡겨두고 있습니다. 폐하의 명의로 계약을 맺으시면, 제가 보증인이 되어 돈 한 곳간을 빌려 저 아귀들에게 고루 나누어 주겠습니다. 그러면 폐하께서 이 속을 무사히 빠져나가실 수 있을 것입니다." "그 사람은 누구요?" "하남 땅 개봉부에 사는 상량이라는 사람인데, 이곳에 열세 개나 되는 곳간에 금과 은을 맡겨놓고 있습니다. 지금 그 사람에게서 빌려 쓰셨다가, 이승에 돌아가시거든 갚도록 하소서."

太宗道: "寡人空身到此, 却那里得有錢鈔?" 判官道: "陛下! 陽間有一人, 金銀若干, 在我這陰司里寄放. 陛下可出名立一約, 小判可作保, 且借他一庫, 給散這些餓鬼, 方得過去." 太宗問曰: "此人是誰?" 判官道: "他是河南開封府人氏, 姓相名良. 他有十三庫金銀在此. 陛下若借用過他的, 到陰間還他便了."(제10회)

상량에 대해서 소설에서는 더 이상의 자세한 설명이 없지만, 그는 위징과 마찬가지로 명부세계와 모종의 연관을 가진 사람으로 보인다. 그리고 이 상량은 자신의 재산을 이승뿐만 아니라 저승에도 쌓아두었다. 상량에게 이승과 저승은 축재하는 데에 별다른 차이가 없는 세계인 듯 보인다. 어쨌든 당태종은 보시를 한 다음에 인간세계에 돌아가서 그들을 위로하기 위한 '수륙대회(水陸大會)'를 열겠다는 약속을 하게 되고, 이 약속 덕분에 삼장은 먼 여행을 떠나게 된다.

오계국 국왕과 주자국 왕후 – 요마와의 깊은 인연

요마에게 속아 억울하게 죽은 오계국 국왕

『서유기』의 제37~39회에 나오는 오계국(烏鷄國)의 왕 같은 경우, 자신은 이미 물에 빠져 죽었지만 그의 혼은 아직 다른 세계로 가지 못하고 인간세계를 헤매고 있는 재미있는 경우이다.

그가 혼만으로 삼장 앞에 등장해서 자신의 억울한 신세를 고백하는 장면을 보자.

> 삼장은 보림사의 선당에서 등불을 마주하고 앉았다. (중략) 그는 삼경 무렵이 되어서야 경서를 접어 배낭 속에 집어넣고 잠자리에 들려고 했다. 그런데 별안간 문밖에서 쏴아 하고 사나운 바람

소리가 들려왔다. (중략) 삼장이 몽롱한 가운데 창밖의 동정에 귀를 기울이고 있을 때, 바람소리에 뒤이어 누군가 "스님!"하고 부르는 소리가 들려왔다. 얼핏 고개를 들고 보니 문밖에 웬 사나이가 서 있는데, 방금 물속에서 헤어나오기라도 한 듯이 온몸이 함빡 젖어 있고, 두 눈에서는 눈물이 비오듯 흘러내리고 있었다.

却說三藏坐于寶林寺禪堂中, (중략) 只坐到三更時候, 却才把經本包在囊里. 正欲起身去睡, 只聽得門外扑刺刺一聲響喨, 淅零零刮陳狂風. (중략) 那長老昏夢中聽着風聲一時過處, 又聞得禪堂外, 隱隱的叫一聲"師父!"忽抬頭夢中觀看, 門外站着一條漢子: 渾身上下, 水淋淋的, 眼中垂淚. (제37회)

오계국왕은 이미 '이 세상' 사람이 아니기 때문에 직접 삼장 앞에는 나타나지 못하고, 삼장의 꿈에 나타나서 자신의 억울한 사정을 하소연하였던 것이다. 사정을 알아보니 도사로 변장한 요마에게 속아서 억울한 죽음을 당했던 국왕의 몸은 아직 썩지 않고 용궁에 보관되어 있어서 부활할 날을 기다리고 있었다.

"짐은 그 도사와 2년 동안이나 침식을 같이해 왔소. 그런데 또다시 따뜻한 봄철이 되어 붉은 살구꽃, 복숭아꽃이 만발하고, (중략) 짐도 도사와 손을 잡고 어화원의 꽃동산을 조용히 거닐었소. (중략) 이때 도사는 별안간 악한 마음이 일어 짐더러 우물 속에 무슨 보배가 들어 있나 보라고 하더니, 짐을 그 우물 속에 떠밀어버렸소. 그러고는 큼직한 돌판을 가져다 우물 입구를 봉하고 진흙으로 덮은 다음, 그 위에다 한 그루의 파초를 심어놓았소. 가련하게도 짐은 죽은 지 3년이 되도록 우물에 빠져 죽은 원귀로 남아 있을 뿐이오!"

"朕與他同寢食者, 只得二年. 又遇着陽春天氣, 紅杏夭桃, 開花綻蕊, (중략) 朕與那全眞携手緩步, 至御花園里, (중략) 他陡起凶心, 扑通的把寡人推下井內; 將石板蓋住井口, 擁上泥土, 移一株芭蕉裁在上面. 可怜我啊, 已死去三年, 是一個落井傷生的冤屈之鬼也!"(제37회)

그리고 자신의 이야기가 진실임을 알려주기 위해 백옥규(白玉珪)를 남기고 사라졌다. 이 오계국왕의 경우는 '이 세상' 사람이 아니었기에 꿈을 통해 '이 세상'에 나타났다.

삼장의 꿈에 나타나 자신의 억울한 사연을 호소하는 오계국의 국왕.

요마와 함께 산 주자국 왕후

또한 제70회에 나오는 주자국 왕후의 경우는 요마와 함께 산 경우이다. 왕후와 함께 생활한 요마는 관음보살의 늑대였는데, 왕후가 요마의 처소로 끌려오기 직전에 한 신선이 그녀에게 준 신선옷을 입자 전신에 바늘이 돋게 된다. 그래서 요마는 한 번도 왕후를 안아보지 못했다. 그래도 요마는 왕후와 3년간 살면서 왕후가 인간세상을 잊고 자신의 사람이 된 것으로 확신하고 있었다.

"대왕님, 어서 앉으세요. 소첩이 대왕님께 아뢸 말씀이 있어요."
왕후의 말에 요마는 재촉했다. "할 말이 있으면 어서 해보아라."
"소첩이 대왕님의 사랑을 받아온 지 삼 년이 되도록 아직 잠자리 한 번 함께 해보지 못했습니다. 하지만 전세의 인연으로 이렇게 부부가 된 것이 아니겠어요? 그런데 대왕님께서는 소첩을 전혀 돌보지 않으시고 부부처럼 대해주지 않으세요. 소첩이 이전에 주자국에 있을 적엔 외국에서 진귀한 공물이 들어와도 상감님께서 보시고 난 뒤엔 모든 것을 반드시 저에게 맡겨두시곤 했어요. 그런데 이곳에는 보물이라곤 원래부터 없는 건지, 입는 건 담비옷이요 먹는 건 피묻은 음식일 뿐, 능라나 비단, 금은보화 같은 것은 전혀 보이지 않네요. 어디나 가죽과 털 천지란 말예요."

娘娘道:"大王請坐, 我與你說." 妖王道:"有話但說不妨." 娘娘道:"我

蒙大王辱愛, 今已三年, 未得共枕同衾. 也是前世之緣, 做了這場夫妻;

誰知大王有外我之意, 不以夫妻相待. 我想着當時在朱紫國爲后, 外邦

凡有進貢之寶, 君看華, 一定與后收之. 你這里更無甚毯寶僧貝, 左右

穿的是貂裘, 吃的是血食, 那曾見綾錦金珠! 只一味鋪皮蓋毯." (제70회)

　　이 이야기에서의 왕후는 인간들의 세계에서 어떤 어려움
도 없이 요마의 공간으로 옮겨올 수 있었다. 그리고 그녀는
인간들이 사는 주자국이나 요마가 살고 있는 세계가 본질적
으로는 구분되지 않는 세상으로 인식하고 있었다. 그리고 그
녀가 그려내는 요마와 함께 사는 세상은 마치 『수호전』에 나
오는 호걸들이 사는 산채인 양산박과 거의 유사한 세상으로
보인다.

인간이 서 있는 자리

　　지금까지 살펴본 인물들(경전을 위해 서천으로 여행을 떠나
는 삼장이나 그의 아버지 진광예, 삼장에게 경을 가져오라고 시킨
당 태종, 그리고 위징, 오계국왕, 주자국 왕후 등)은 모두 신분이
범상치 않은 사람들이다. 이들 중에서 특히 삼장, 진광예, 당
태종, 위징은 『서유기』 안에서 중요한 역할을 담당하고 있으
며, 이들은 '이 세상'에 있지만 다른 세상도 경험을 통해 인

식하고 있다. 『서유기』에 등장하는 중요한 인간들이 이처럼 대부분 다른 세상의 경험을 가지고 있다는 것은 이 작품 안에서 다른 세상이 이미 '동떨어진' 다른 영역의 공간이 아니라 '이 세상'과 마찬가지로 일상적인 공간이 되었음을 의미한다. 이것은 『서유기』의 다른 주인공 즉 손오공, 저팔계, 사오정 등이 '저 세상'을 '저 세상'으로 여기지 않고 같은 영역으로 인식하는 것과 일맥상통한다.

4 장 —— 어려울 때 누가 도와주는가?

西 遊 記

관음보살 – 남성형에서 여성형으로

관음보살의 이중성

『서유기』에는 불계(佛界)의 최고 통치자로서 여래가 등장하고, 신선세계(仙界)의 최고 통치자로서 옥황상제가 등장한다. 그러나 실제로 여행 중에 손오공 일행의 난관을 해결해주는 존재, 즉 천상에서 직접 강림해서 삼장 일행이 여행하는 공간으로 자주 내려오는 존재로는, 불계에서는 관음보살이 대표적이고, 선계에서는 태상노군과 탁탑이천왕, 그리고 그의 아들인 나타태자가 있다.

특히 관음보살은 『서유기』 중에서 삼장 일행이 난관을 만나게 되었을 때 가장 많은 도움을 준다. 그는 천상세계의 보타암에 살고 있는데, 제17회에서 흑풍산의 요마를 항복시켜

보타암의 뒷쪽에 있는 낙가산의 수산대신(守山大神)으로 만들었으며, 제42회에는 우마왕의 아들인 홍해아를 항복시켜 선재동자로 만들어서 휘하에 거느렸다.

이런 사건들을 보면 『서유기』 속에 등장하는 관음보살은 단지 도움만을 주는 '고정된 인물'이 아니라 다른 인물, 예를 들면 흑풍산 요마나 홍해아와도 새로운 창조적인 관계를 맺어가는 '유동적인 인물'로서 묘사된다. 또한 제12회에서 관음보살은 당의 수도인 장안에서 진실하고 명망 있는 자를 직접 찾아 나선다. 그래서 발견하게 되는 인간이 삼장이었다. 관음보살은 가사(袈裟)와 석장(錫杖)을 가지고 문둥이 스님으로 변신해서 삼장에게 이 물건들을 직접 전달한다. 그는 인간 세상에도 아무런 문제 없이 나타난다.

한편 제17회에서 관음보살은 흑웅괴(黑熊怪)를 사로잡는 데에 몸을 사리지 않는다. 당시에 손오공은 흑웅괴의 친구인 능허자(凌虛子)를 때려 죽인 후에, 원래 목표였던 흑웅괴를 공격하기 위해 관음보살에게 흑웅괴의 친구인 능허자로 변해서 흑웅괴를 속이자고 제안한다.

(손오공이 말한다.) "보살님, 제 생각엔 이렇게 했으면 좋겠어요." "어떻게 말이냐?" "이 도사는 틀림없이 능허자라는 사람이었을 겁니다. 보살님, 웬만하면 이 도사로 둔갑해 주십시오. 전 이 쟁

반의 신선 알약 하나를 먹고서 좀더 큼직한 알약으로 둔갑할게
요. 보살님께서는 이 쟁반에다 알약 두 알을 담아 가지고 가서,
이 가운데 좀더 큰 알약을 그놈에게 먹여 주십시오. 그러면 제
가 그놈의 뱃속에 들어가 뱃속에서 한바탕 소동을 벌여, 어떻게
해서든지 그 가사를 내놓도록 할게요." 보살은 별다른 방법이
없어서 고개만 끄덕일 뿐이었다.

行者道: "不敢, 倒是一個計較." 菩薩道: "你這計較怎說?" 行者道:
"這盤上刻那 '凌虛子制', 想這道人就叫做凌虛子. 菩薩, 你要依我時,
可就變做這個道人, 我把這丹吃了一粒, 變上一粒, 略大些兒. 菩薩你
就捧了這個盤兒, 兩粒仙丹, 去與那妖上壽, 把這丸大些的讓與那妖.
待那妖一口吞之, 老孫便于中取事, 他若不肯獻出佛衣, 老孫將他肚
腸, 就也織將一件出來." 菩薩沒法, 只得也點點頭兒. (제17회)

　　결국 지체 높은 보살이 요마의 친구로 변해서 목표인 흑웅
괴를 사로잡게 된다. 여기서의 관음보살은 우리가 일반적으
로 알고 있는 자비와 구제의 화신이 아니다. 그는 손오공과
손잡은 모략꾼이며 목표를 위해서는 수단 방법을 가리지 않
는 냉혈한이다. 바로 상식과는 다른 모습의 관음보살이 나타
나고 있다. '관음보살의 이중성'이라고나 할까, 아니면 근기
(根機)에 따라서 방법을 달리한다고나 할까? 어쨌든 관음보살
에게서도 인간이 가진 다면성이 나타나고 있다.

불계가 선계보다 한수 위

또한 제24~26회의 인삼과(人蔘果)에 연관된 사건이 전개된다. 이 사건은 요마들과 연관되지는 않지만, 주목해야 할 점은 천상에 있는 다양한 세계들이 묘사된다는 것이다. 사건의 발단은 진원자(鎭元子)라는 신선의 인삼과를 손오공을 비롯한 세 명의 제자가 허락도 없이 먹어치운 데에서 비롯된다. 그런데 진원자의 제자들이 손오공의 성격을 눈치채지 못하고 그의 화를 돋구게 되자, 손오공은 그 인삼과를 뿌리째 뽑아버렸다. 본래 이 인삼과는 일만 년에 열매를 30개 맺으며, 이 열매를 사람이 한 개 먹게 되면 47,000년의 수명을 연장시킬 수 있는 신기한 열매였다.

진원자는 사실을 알고서 손오공에게 나무를 살려놓으라고 요구한다. 그래서 손오공은 나무를 살려낼 방법을 알아내기 위해 여러 곳을 돌아다녀야만 했다. 손오공은 먼저 동양대해의 봉래산에 가서 수성, 복성, 녹성의 삼성(三聖)에게 도움을 청하지만 그 나무를 치료할 수 없다는 말만 듣는다. 다음으로 방장산(方丈山)에 가서 동화대제군(東華大帝君)과 동방삭(東方朔)을 만났으나, 역시 부정적인 대답만 듣는다. 다시 영주 해도(瀛洲 海島)의 아홉 신선에게도 도움을 청하지만, 세간의 생령을 치료할 수는 있어도 영근(靈根)의 치료는 불가능하다는 대답을 듣는다.

결국 손오공은 보타암의 관음보살을 찾아가 나무를 살려 낼 수 있는 '감로수'를 얻어서 인삼과를 살려내게 된다. 이 이야기에서 뚜렷하게 드러나는 것은 불계가 선계보다 더 큰 능력을 가진 존재가 사는 세계라는 점이다. 손오공이 돌아다 닌 곳은 선계가 세 곳, 불계가 한 곳이었다. 그러나 해결책은 불계에서 나왔다. 그리고 이 불계는 여래가 있는 곳이 아니라 손오공이 더 가깝게 느끼는 관음보살이 사는 장소였다.

관음보살은 천상의 존재로서 삼장 일행에게만 몸을 나타 내는 것이 아니라, 때로는 일반 사람들에게까지 모습을 드러 낸다. 이런 대표적인 예가 통천하(通天下)의 물고기를 잡기 위해 바구니를 가지고 나 타났을 때이다.

이 '대바구니를 든 관 음보살'에 대한 설화는 역사적인 내력이 있는 유 명한 이야기이다. 그리고 지금도 많은 사찰에는 이 런 모습의 관음보살도가 남아 있다. 관음보살의 성격이 수행만을 강요하 는 것이 아니라 고난을

대자대비의 화신 관음보살.

구제해주기 때문에, 그는 불계의 자신의 거처에만 있는 것이 아니라 다양한 영역까지 활동영역을 넓혔던 것이다. 그래서 인간세상에도 자주 등장할 수밖에 없었는데 소설에서는 이런 성격이 강화되어서인지 삼장 일행의 난관을 해결해주기 위해 지상에 자주 나타난다.

용감무쌍한 장부에서 대자대비한 여성으로

그런데 관음보살은 천상의 여러 존재 가운데에서도 특이한 존재이다. 그는 우선 남성인지 여성인지 성이 모호하다. 초기 불교 경전에 나타나는 관음보살은 우락부락하고 수염이 난 '용감무쌍한 장부'였다. 그런데 특이한 점은 중생을 구원할 때의 그는 중생의 근기에 따라서 다른 형상을 보여주었다는 것이다. 그런 형상 가운데 여자의 모습은 '대자대비한 자비의 화신'이라는 이미지에 더 적합해서인지, 후대 경전으로 올수록 관음보살은 여자의 모습으로 표현되고 있다.[24] 『서유기』에 나타나는 관음보살은 이런 후대의 특징을 가지고 있다.

탁탑이천왕과 나타태자―무서운 싸움꾼들

이천왕과 그의 아들 나타태자의 대결

천상 존재들 가운데 탁탑이천왕(托塔李天王)과 나타태자(哪吒太子)는 서로 부자관계로서 『서유기』에 적지 않게 등장한다. 그런데 우마왕 일가와 마찬가지로, 이천왕은 자신의 가족을 거느리고 있었다. 제83회의 무저동(無底洞) 요마가 등장하는 부분에 이천왕 일가에 대한 내력이 서술된다. 이천왕은 자식을 몇 명 거느리고 있었다.

그 자식들의 면모를 보자면, 우선 여래를 모시는 금타태자(金吒太子)와 관음보살을 모시는 목차태자(木叉太子)가 있고, 또 자신이 데리고 있는 나타태자 및 정영(貞英)이라는 딸이 있다. 그런데 이 자식들 중에서 나타태자는 태어날 때부터 좌우 손바닥에 '나타'라는 글자를 쓰고 태어나서는, 수정궁(水晶宮)을 뒤집고 용을 죽이는 등 난동을 부렸다. 이를 본 이천왕이 그를 죽이려 하자, 나타태자는 화가 나서 스스로 목숨을 끊고 여래에게 가서 혼령으로 호소했다. 깜짝 놀란 여래가 그를 다시 환생시켜주자 이를 고맙게 여긴 나타태자는 수많은 요마를 용감히 무찔렀다.

도교의 주요 신들. 한손에 탑을 들고 있는 탁탑이천왕, 팔괘로를 부치는 태상노군, 그리고 지팡이를 든 태백금성.

그리고 자신을 죽이려 했던 아버지 이천왕에게 복수를 하려고 하자, 이천왕은 놀라 여래에게 사정해서 여의황금보탑(如意黃金寶塔)을 받고는 탁탑이천왕이라고 불리게 되었다. 여래는 나타태자를 잘 타일러 여래를 아버지로 삼아서 진짜 아버지인 이천왕에 대한 원한을 풀도록 한 적이 있다.

무저동 요마를 물리치다

이처럼 아버지인 이천왕이 아들을 죽이려 한 점이나 아들인 나타태자가 아버지인 이천왕에게 복수하려고 하는 점, 그리고 극적인 화해 같은 요소들을 볼 때 이 이야기는 일시에 만들어진 이야기가 아니라 아마도 여러 설화적인 내력들이 합쳐진 것으로 보인다. 요즘도 사찰에 가면 사찰 입구에서 사천왕을 보게 된다. 그 중에서 한쪽 손에 탑을 들고 있는 천왕이 바로 이 탁탑이천왕이다. 어쨌든 이천왕과 나타태자는 자신들의 '역사'를 가지고 있었다. 그런데 전력이야 어쨌든간에, 이 부자는 『서유기』 속에서는 항상 함께 나타난다.

여기서 이천왕 부자와 무저동 요마와의 관련을 보자. 손오공 일행과 맞닥뜨리기 300년 전에 여래의 꽃과 촛불을 몰래 훔친 요마가 있었는데, 이 사건의 해결을 전담한 것이 이 이천왕 부자였다. 그래서 결국에는 이 도둑 요마를 붙잡았는데, 여래가 자비심으로 이 요마를 살려주자 이 요마는 자신을 당장 죽이지 않은 이천왕 부자에게 감사하며 그들의 신위를 마련해놓고 향과 꽃을 바치고 있었다. 바로 이 요마가 삼장 일행이 자신이 살고 있는 영역을 지나간다는 소식을 듣고 삼장을 유혹해서 그와 함께 부부의 인연을 맺고자 했으나, 이천왕 부자의 등장으로 꿈이 무산되었다. 팔계와 사오정은 이 요마를 찢어 죽이려고 했으나 이천왕 부자의 만류로 하늘의 옥황상제에게로 데려가게 된다.

이 부분 외에도 이들 부자는 손오공이 아직 삼장 일행에 합류하기 전인 천궁의 필마온 직책 시절에도 등장한다. 그들은 천궁에서 소란을 피운 손오공을 잡기 위해 옥황상제의 명령으로 화과산으로 파견된 적이 있다.

손오공은 철봉을 휘두르며 혼자서 사대천신과 탁탑천왕 그리고 나타태자를 맞받아 공중에서 싸웠다. 그러다가 날이 저문 것을 보고, 손오공은 몸에서 털을 한 모금 뽑아 입에 넣고 짓씹다가 내뿜으며 소리쳤다. "변해라!" 그러자 천백 마리의 손오공이 나타나 저마다 여의봉을 비껴들고 일시에 달려들어, 결국 나타태자와 다섯 천왕들을 격퇴해버렸다.

這大聖一條棒, 抵住了四大天神與李托塔, 哪吒太子, 俱在半空中, 殺勾多時, 大聖見天色將晩, 卽拉毫毛一把, 丟在口中, 嚼將出去, 叫聲 "變!" 就變了千百個大聖, 都使的是金箍棒, 打退了哪吒太子, 戰敗了五個天王. (제5회)

그런데 이렇게 겨루던 손오공과 이천왕 부자는 손오공이 삼장과 여행을 떠나게 됨에 따라 함께 합심해서 요마를 물리치는 입장이 된다.

태상노군-소치는 할아버지

소설의 제50~52회에서는 금두동(金兜洞)의 독각시대왕(獨角兕大王)이 나온다. 그런데 이 요마와의 싸움에서 손오공은 자신의 힘으로 시대왕(兕大王)의 무기를 당해낼 수 없었다. 그래서 할 수 없이 옥황상제에게 해결책을 찾으러 간다. 이때에 옥황상제의 도움으로 손오공은 이천왕과 나타태자, 그리고 뇌공(雷公)을 이끌고 다시 출정한다. 다만 이 싸움에서는 이들만의 힘으로는 대적할 수 없었고, 이 요마의 원래 주인인 태상노군(太上老君)의 도움으로 요마를 물리치게 된다.

태상노군의 경우는 도교 계보의 인물인데, 『서유기』에서는 불교적인 인물보다 속되게 표현된다.

(손오공) "태상노군님! 오래간만입니다." 태상노군은 빙그레 웃으며 대꾸했다. "너 이 원숭이 녀석! 경(經)은 구하러 가지 않고, 여긴 무엇하러 왔느냐?" "경전을 구하기 위한 서천으로의 걸음은 하루도 멈추지 않고 있습니다만, 도중에 장애물이 생겨서 이곳으로 찾아오게 되었습니다." (중략) "음, 요전날 빚어 만든 '칠반화단(七返火丹)' 한 알을 실수로 떨어뜨렸는데, 네가 주워 먹었구나. 그것은 한 알만 먹어도 이레를 자게 되는 거야. 그러니까 그 소는 네가 잠이 들어 지키는 사람이 없는 틈을 타서 하계로 도망친 거였구나! 그리고 보니 오늘이 꼭 이레째로구나!"

"老官, 一向少看." 老君笑道: "這猴兒不去取經, 却來我處何干?" 行者道: "取經取經, 晝夜無停; 有些阻碍, 到此行行." 老君道: "西天路阻, 與我何干?" (중략) 老君道: "想是前日煉的 '七返火丹', 吊了一粒, 被這廝拾吃了. 那丹吃一粒, 該睡七日哩. 那孽畜因你睡着, 無人看管, 遂乘機走下界去, 今亦是七日矣." (제52회)

위의 인용문을 보면 태상노군과 손오공의 관계는 관음보살과 손오공과의 관계와는 차이가 있다. 손오공은 관음보살에 대해서는 그를 나름대로 존경하는 태도를 보이는데 비해, 태상노군에 대해서는 가까운 동료 정도로 여기고 대화를 주고받는다. 이것은 『서유기』라는 소설이 불교적인 색채가 강하기 때문에 불교적 존재에 대해 좀더 우호적인 태도를 보인 것으로 여겨진다.

조연들의 활약-세속화

손오공이 어려움에 빠졌을 때 도와주는 이들은 이처럼 천상세계의 신들이다. 이들의 도움으로 이야기는 더욱 확대되고 재미는 소록소록 샘솟는다. 예를 들면, 관음보살이나 태상노군이 없는 『서유기』를 상상해보자. 이야기는 손오공 일행과 요마들의 대결구도로만 전개되었을 것이고 내용도 재미가 덜했을 것이다. 이런 인간의 속성을 가진 관음보살, 그리고 싸움꾼인 이천왕과 나타태자, 할아버지 태상노군의 활약으로 훨씬 다양한 내용의 『서유기』가 등장할 수 있었다.

특히 『서유기』라는 작품이 돋보이는 것은 주인공 일행뿐만 아니라 이런 조연이라고 할 수 있는 신격들이 인간처럼 사고하고 행동하는 '개성'을 지녔기 때문이다. 만약 이런 신격들이 경전에서처럼 근엄하고 인간들과 거리를 가진 존재였다면 소설에서도 역시나 일방적인 도움을 주는 단면적인 존재로 나타날 것이다.

그러나 『서유기』에 나타나는 신격들은 '인간화'의 과정을 거치면서 굉장히 다혈질적인 존재로 변화되었으며, 그 결과 그들은 인간과 비교적 유사한 존재가 되었다. 이런 연장선상에서 『서유기』에서 화려하게 전개되는 여러 세계들은 그 속성에서 인간세계와 성격이 닮아가고 있었다. 즉, 『서유기』에 나타나는 사이버스페이스는 그 양상은 무척 다양하지만 그 속성은 한 가지로 향해가고 있었던 것이다. 그 한 가지 방향은 바로 '세속화'[25]이다.

3 자료 및 관련서

資料
關聯書

『서유기』 전체의 흐름을 이해할 수 있도록 하기 위해

100회 전체의 회목을 소개한다.

먼저 제1~7회는 손오공의 탄생과 성장,

그리고 천상에서 난동을 부려 오행산에 갇히기까지의 과정이다.

제8~12회는 당나라 승려인 삼장의 어린 시절과 보살의 감화로

천축으로의 여행을 결심하는 부분이다.

나머지 제13회부터 끝까지는 손오공과 삼장을 비롯한

나머지 제자들이 모두 모여서 함께 난관을 헤치며 여행하는 부분이다.

『서유기』 본문 자료

대뇨천궁(大鬧天宮): 천궁을 크게 어지럽히다.

제1회   영기가 맺혀 원숭이가 태어나고

마음이 움직여 스승을 찾아나서다.

靈根育孕源流出　　心性修持大道生

제2회   보리의 묘리를 낱낱이 깨닫고

마계에서 벗어나 원신에 합하다.

悟徹菩提眞妙理　　斷魔歸本合元神

제3회   사해와 천산의 요마들이 굴복하고

생사부에서 이름을 지워버리다.

四海千山皆拱伏　　九幽十類盡除名

제4회　　필마온 벼슬에 불만을 품고

　　　　제천이라 자칭하나 마음이 불안하다.

官封弼馬心何足　　名注齊天意未寧

제5회　　천궁에서 반도와 금단을 훔쳐 먹고

　　　　천궁을 뒤집으니 제신들이 토벌에 나서다.

亂蟠桃大聖偸丹　　反天宮諸神捉怪

제6회　　관음보살은 반도회에 왔다가 까닭을 묻고

　　　　소성진군은 손오공을 붙잡다.

觀音赴會問原因　　小聖施威降大聖

제7회　　손오공은 노군의 팔괘로에서 뛰쳐나오고

　　　　여래는 오공을 오행산 밑에 데려다 놓다.

八卦爐中逃大聖　　五行山下定心猿

당승출세(唐僧出世)

제8회　　여래는 경서를 지어 극락을 전도하고

　　　　관음보살은 성지를 받아 장안길을 떠나다.

我佛造經傳極樂　　觀音奉旨上長安

(부록)　　　　　진광예는 부임길에 재난을 만나고

　　　　　　　　강류스님은 원수를 갚아 도리를 지키다.

　　　　　　　陳光蕊赴任逢災　　江流僧復仇報本

제9회　　　　　원수성은 사심없이 시비를 꿰뚫어보고

　　　　　　　　늙은 용왕은 졸렬한 계교로 하늘의 법을 범하다.

　　　　　　　袁守誠妙算無私曲　　老龍王拙計犯天條

제10회　　　　두 장군은 궁문 앞에서 귀신을 막아내고

　　　　　　　　당태종은 염부에서 혼을 돌려받다.

　　　　　　　二將軍宮門鎭鬼　　唐太宗地府還魂

제11회　　　　환생한 삼장은 선행에 힘을 기울이고

　　　　　　　　외로운 혼을 이끈 소우는 불문을 바로잡다.

　　　　　　　還受生唐王遵善果　　度孤魂蕭瑀正空門

제12회　　　　삼장은 정성스레 법회를 거행하고

　　　　　　　　관음보살은 나타나서 삼장을 감화하다.

　　　　　　　玄奘秉誠建大會　　觀音顯象化金蟬

오공귀정(悟空歸正): 손오공이 정법으로 돌아가다.

제13회   범의 굴에 빠져 태백금성의 구원을 받고

쌍차령에서 유백흠의 도움을 받다.

陷虎穴金星解厄   雙叉嶺伯欽留僧

제14회   손오공은 구원되어 올바른 길에 들어서고

여섯 도적은 간 곳 없이 자취를 감추다.

心猿歸正   六賊無蹤

제15회   사반산에서 천신들이 암암리에 삼장을 지켜주고

응수간의 용마는 기꺼이 굴레를 받아쓰다.

蛇盤山諸神暗佑   鷹愁澗意馬收韁

흑풍산(黑風山)

제16회   관음원의 늙은 중은 손님의 보물을 탐내고

흑풍산의 요마는 삼장의 가사를 훔쳐가다.

觀音院僧謀寶貝   黑風山怪竊袈裟

제17회   손오공은 흑풍산에서 크게 싸움을 벌이고

관음보살 나타나서 요마를 굴복시키다.

孫行者大鬧黑風山   觀世音收伏熊羆怪

저팔계(八戒)

제18회　관음원에서 삼장은 무사히 풀려나고

고로장에서 손오공은 요마를 물리치다.

觀音院唐僧脫難　高老庄大聖除魔

제19회　운잔동에서 손오공은 저팔계를 받아들이고

부도산에서 삼장은 심경을 받는다.

云棧洞悟空收八戒　浮屠山玄奘受心經

황풍령(黃風嶺)

제20회　황풍령에서 삼장은 재난을 만나고

산허리에서 저팔계는 용맹을 떨친다.

黃風嶺唐僧有難　半山中八戒爭先

제21회　호법가람은 눈병을 고쳐주고

영길보살은 황풍괴를 잡아가다.

護法設庄留大聖　須彌靈吉定風魔

사오정(沙僧)

제22회　저팔계는 유사하에서 싸움을 벌이고

목차는 법력으로 사오정을 굴복시키다.

八戒大戰流沙河　　木叉奉法收悟淨

선불점화(仙佛占化) : 신선과 부처들이 인간으로 변신하다.

제23회　　삼장은 마음이 흔들리지 않고

　　　　　네 성인이 미인계로 진심을 시험하다.

　　　　　三藏不忘本　　四聖試禪心

인삼과(人參果)

제24회　　만수산에서 진원자는 옛 친구를 머물게 하고

　　　　　오장관에서 손오공은 인삼과를 훔쳐 먹다.

　　　　　萬壽山大仙留故友　　五庄觀行者竊人參

제25회　　진원대선은 뒤쫓아가서 삼장 일행을 붙잡고

　　　　　손오공은 오장관에서 대소동을 벌이다.

　　　　　鎭元仙趕捉取經僧　　孫行者大鬧五庄觀

제26회　　손오공은 세 섬을 찾아다니며 처방을 구하고

　　　　　관음보살은 감로수를 뿌려 인삼나무를 살리다.

　　　　　孫悟空三島求方　　觀世音甘泉活樹

삼타백골정(三打白骨精): 백골요마를 세 번이나 패주다.

제27회 　 백골요마는 삼장을 세 차례 놀려먹고

삼장은 화가 나서 손오공을 내쫓다.

尸魔三戲唐三藏　　聖僧恨逐美猴王

보상국(寶象國)

제28회 　 화과산으로 요마들이 다시 모이고

흑송림에서 삼장은 요마와 만난다.

花果山群妖聚義　　黑松林三藏逢魔

제29회 　 재난에서 벗어난 삼장은 보상국에 이르고

은혜를 입은 저팔계는 산림을 찾아가다.

脫難江流來國土　　承恩八戒轉山林

제30회 　 요마는 요사스런 법술로 정법을 침범하고

백마는 손오공을 생각하다.

邪魔侵正法　　意馬憶心猿

제31회 　 저팔계는 의리로 손오공을 분발시키고

손오공은 지혜로 황포괴를 굴복시키다.

猪八戒義激猴王　　孫行者智降妖怪

평정산(平頂山)

제32회   평정산에서 공조가 소식을 전해주고

연화동에서 저팔계가 조난을 당하다.

平頂山功曹傳信   蓮花洞木母逢災

제33회   외도의 말에 삼장은 천성이 흐려지고

천상의 원신들은 손오공을 도와주다.

外道迷眞性   元神助本心

제34회   마왕의 계책에 손오공은 곤경에 빠지고

손오공은 바꿔치기로 보물을 빼앗아내다.

魔王巧算困心猿   大聖騰那騙寶貝

제35회   외도가 위세를 부려 바른 마음 속이고

손오공은 보배를 얻어 요마를 굴복시키다.

外道施威欺正性   心猿獲寶伏邪魔

삼장시(三藏詩)

제36회   손오공의 올바름에 모든 스님들이 굴복하고

방문을 설파하여 음양의 도리를 깨우쳐 주다.

心猿正處諸緣伏   劈破傍門見月明

오계국(烏雞國)

제37회   귀왕은 밤중에 나타나 삼장을 배알하고

손오공은 변신해서 어린 태자를 이끌다.

鬼王夜謁唐三藏   悟空神化引嬰兒

제38회   어린 태자는 어머니에게 가짜 왕에 대해 물어보고

손오공은 저팔계를 시켜 진짜 왕을 데려오다.

嬰兒問母知邪正   金木參玄見假眞

제39회   손오공은 하늘에 올라가 금단을 얻어오고

죽었던 국왕은 3년 만에 되살아나다.

一粒丹砂天上得   三年故主世間生

홍해아(紅孩兒)

제40회   홍해아는 삼장을 희롱해 선심을 흐리게 하고

손오공은 저팔계를 타일러 마음을 돌리게 하다.

嬰兒戲化禪心亂   猿馬刀歸木母空

제41회   손오공은 불을 만나 싸움에서 지고

팔계는 속임수에 넘어가 요괴에게 잡히다.

心猿遭火敗   木母被魔擒

제42회　　　손오공은 엎드려 관음보살을 배알하고

　　　　　　보살은 자비심을 베풀어 홍해아를 잡아들이다.

　　　　大聖殷勤拜南海　　觀音慈善縛紅孩

흑하룡(黑河龍)

제43회　　　흑수하의 요괴는 삼장을 채어가고

　　　　　　서해바다 용은 요마를 잡아오다.

　　　　黑河妖孽擒僧去　　西洋龍子捉鼉回

차지국(車遲國)

제44회　　　삼장일행은 수레 끄는 중들을 만나고

　　　　　　손오공은 요마를 바로잡아 고비를 넘기다.

　　　　法身元運逢車力　　心正妖邪度脊關

제45회　　　삼청관에서 손오공은 이름을 남기고

　　　　　　차지국에서는 신통력을 부리다.

　　　　三淸觀大聖留名　　車遲國猴王顯法

제46회　　　외도는 제 힘만 믿고 정법을 속이고

　　　　　　손오공은 요괴들을 해치우다.

　　　　外道弄强欺正法　　心猿顯聖滅諸邪

통천하(通天河)

제47회　삼장은 밤중에 통천하에서 길이 막히고
　　　　손오공과 저팔계는 자비롭게 동남동녀를 구하다.

　　　　聖僧夜阻通天水　金木垂慈救小童

제48회　요괴는 찬바람을 일으켜 큰눈을 퍼붓고
　　　　삼장은 부처님 볼 일념으로 빙판을 지나다.

　　　　魔弄寒風飄大雪　僧思拜佛履層冰

제49회　삼장은 조난을 당해서 수부에 갇히고
　　　　관음보살은 고기 잡는 바구니를 만들다.

　　　　三藏有災沉水宅　觀音救難現魚籃

금두동(金兜洞)

제50회　애욕에 눈이 멀어 부질없이 날뛰고
　　　　어리석게 마음이 흐려 요마와 만나게 되다.

　　　　情亂性從因愛欲　神昏心動遇魔頭

제51회　손오공의 온갖 계책이 수포로 돌아가고
　　　　물과 불로도 요마를 정복하지 못하다.

心猿空用千般計　　水火無功難煉魔

제52회　　손오공은 금두동에서 소동을 일으키고

　　　　　여래는 은근히 요마의 주인을 알려주다.

悟空大鬧金兜洞　　如來暗示主人公

여의진선(如意眞仙)

제53회　　삼장은 냇물을 마셔 잉태를 하게 되고

　　　　　사오정은 우물을 길어다가 태기를 없애주다.

禪主吞冷懷鬼孕　　黃婆運水解邪胎

서량여국(西梁女國)

제54회　　삼장은 여행 중에 여인국을 지나가고

　　　　　손오공은 계책을 써서 술수에서 벗어나다.

法性西來逢女國　　心猿定計脫煙花

비파동(琵琶洞)

제55회　　요마는 색으로 삼장을 유혹하고

　　　　　삼장은 용케도 본분을 지켜내다.

色邪淫戲唐三藏　　性正修持不壞身

진짜 손오공과 가짜 손오공(眞假行者)

제56회　　손오공은 노하여 좀도적을 때려죽이고
　　　　　삼장은 어리석게 그를 돌려보내다.

　　　　　神狂誅草寇　　道迷放心猿

제57회　　진짜 손오공은 낙가산에서 억울함을 호소하고
　　　　　가짜 손오공은 수렴동에서 문첩을 읽어보다.

　　　　　眞行者落伽山訴苦　　假猴王水帘洞謄文

제58회　　두 오공은 하늘과 땅을 소란케 하고
　　　　　한 몸에 진짜 적멸 이루기 쉽지 않다.

　　　　　二心攪亂大乾坤　　一體難修眞寂滅

화염산(火焰山)

제59회　　삼장은 화염산에서 길이 막히고
　　　　　손오공은 파초선을 처음으로 부쳐보다.

　　　　　唐三藏路阻火焰山　　孫行者一調芭蕉扇

제60회　　우마왕은 싸우다가 중간에 연회장으로 가버리고
　　　　　손오공은 두 번째로 파초선을 손에 넣다.

　　　　　牛魔王罷戰赴華筵　　孫行者二調芭蕉扇

제61회   저팔계의 도움으로 손오공은 마왕을 굴복시키고

손오공은 세 번째로 파초선을 가져오다.

猪八戒助力敗魔王   孫行者三調芭蕉扇

금광사(金光寺)

제62회   심신을 깨끗이 하여 불탑을 쓸고

요마를 묶어 바른 길로 이끌어들이다.

滌垢洗心惟掃塔   縛魔歸主乃修身

제63회   두 주인공은 요마를 무찔러 용궁을 뒤흔들고

여섯 성현은 손오공을 도와 보물을 되찾다.

二僧蕩怪鬧龍宮   群聖除邪獲寶貝

형극령(荊棘嶺)

제64회   형극령에서 저팔계는 길을 헤쳐 나가고

목선암에서 삼장은 시를 지어보다.

荊棘嶺悟能努力   木仙庵三藏談詩

소뇌음사(小雷音寺)

제65회   요마는 가짜 뇌음사를 만들어 놓고

네 사제는 모두 큰 재난을 만나다.

妖邪假設小雷音　　四衆皆逢大厄難

제66회　　여러 천신들 요마를 당해내지 못하고

　　　　　　미륵보살이 마침내 요마를 사로잡다.

諸神遭毒手　　彌勒縛妖魔

타라장(駝羅莊)

제67회　　타라장에서 요마를 없애 선심이 안정되고

　　　　　　오물을 피해 떠나니 도심이 맑아지다.

拯救駝羅禪性穩　　脫離穢汚道心淸

주자국(朱紫國)

제68회　　주자국에서 당승은 전생을 논하고

　　　　　　손오공은 의원이 되어 시혜를 베풀다.

朱紫國唐僧論前世　　孫行者施爲三折肱

제69회　　손오공은 한밤에 환약을 빚어내고

　　　　　　군주는 연회에서 요마에 대해 말하다.

心主夜間修藥物　　君王筵上論妖邪

제70회　　요마는 보물로 불모래를 내뿜고

손오공은 계교를 써서 붉은 금방울을 훔치다.

妖魔寶放煙沙火　　悟空計盜紫金鈴

제71회　손오공은 가짜 이름으로 요마를 물리치고
관음보살은 현신해서 요왕을 잡아가다.

行者假名降怪孔　　觀音現像伏妖王

반사동(盤絲洞)

제72회　반사동에서 일곱 요마는 삼장을 유혹하고
탁구천에서 저팔계는 체통을 잃어버리다.

盤絲洞七情迷本　　濯垢泉八戒忘形

제73회　요마들은 원한을 품어 삼장을 독살하려 하고
손오공은 요마의 금빛을 깨뜨리다.

情因舊恨生災毒　　心主遭魔幸破光

사타산(獅駝山)

제74회　태백금성은 마왕의 사나움을 알려주고
손오공은 둔갑술로 재주를 부리다.

長庚傳報魔頭狠　　行者施爲變化能

제75회   손오공은 보배병에 구멍을 뚫어내고

마왕은 오공에게 잡혀 대도로 돌아오다.

心猿鑽透陰陽體　　魔主還歸大道眞

제76회   손오공은 마왕의 뱃속에 들어가 그를 굴복시키고

저팔계는 힘을 합쳐 마왕의 진상을 밝히다.

心神居舍魔歸性　　木母同降怪體眞

제77회   마왕은 삼장을 붙잡아 궤 속에 집어넣고

손오공은 여래를 찾아뵙다.

群魔欺本性　　一體拜眞如

비구국(比丘國)

제78회   비구국의 아이들에게 구조의 신들이 도착하고

금란정에서 요마를 간파하고 도덕을 논하다.

比丘憐子遣陰神　　金殿識魔談道德

제79회   동굴을 찾아 요마를 잡다가 수성을 만나고

조정에 들어가 국왕을 간하고 아이들을 구하다.

尋洞擒妖逢老壽　　當朝正主見嬰兒

무저동 (無底洞)

제80회   요녀는 양기를 기른 배우자를 구하고

손오공은 주인을 보호하여 요마를 식별하다.

姹女育陽求配偶   心猿護主識妖邪

제81회   진해사에서 손오공은 요마의 정체를 알아내고

흑송림에서 세 제자는 삼장을 찾아 헤매다.

鎮海寺心猿知怪   黑松林三衆尋師

제82회   요마는 삼장의 양기를 얻으려 하고

삼장은 도를 지켜 요마의 유혹을 물리치다.

姹女求陽   元神護道

제83회   손오공은 요마의 근본을 알아내고

요마는 마침내 본성으로 돌아가다.

心猿識得丹頂   姹女還歸本性

연환동 (連環洞)

제84회   보살은 손오공에게 앞길의 험난함을 알려주고

손오공은 술법으로 왕의 머리를 밀어주다.

難滅伽持圓大覺   法王成正體天然

제85회   손오공은 팔계를 놀리고

요마는 계책을 써서 삼장을 채어가다.

心猿妒木母　　魔王計吞禪

제86회   저팔계는 위력으로 요괴를 정벌하고

손오공은 법술로 마왕을 멸하다.

木母助威征怪物　　金公施法滅妖邪

옥화성(玉華城)

제87회   봉선군은 하늘의 노여움을 사서 가뭄이 들고

손오공은 선행을 권해서 단비를 내리게 하다.

鳳仙郡冒天止雨　　孫大聖勸善施霖

제88회   삼장은 옥화성에서 법회를 열고

오공과 팔계, 그리고 오정은 사람들을 가르치다.

禪到玉華施法會　　心猿木土授門人

제89회   황사정은 헛되어 무기를 자랑하는 연회를 열고

제자들은 계책을 써서 표두산을 공격하다.

黃獅精虛設釘鈀宴　　金木土計鬧豹頭山

제90회   스승도 사자도 결국에는 하나로 돌아가고

도둑도사 구령정은 마침내 길들여지다.

師獅授受同歸一　　盜道纏禪靜九靈

청룡산(靑龍山)

제91회   금평부에서 대보름날 등 구경을 하고

현영동에서 삼장은 탄원을 하다.

金平府元夜觀燈　　玄英洞唐僧供狀

제92회   세 제자는 청룡산에서 크게 싸우고

네 성신은 물소 요마를 에워싸서 잡다.

三僧大戰靑龍山　　四星挾捉犀牛怪

천축국(天竺國)

제93회   급고원에서 옛일을 물어 인과를 논하고

천축국에서 왕을 배알하고 배필을 맞이하다.

給孤園問古談因　　天竺國朝王遇偶

제94회   네 화상은 어화원에서 즐겁게 노닐고

한 요마는 정욕의 기쁨 맛보려고 헛된 생각을 품는다.

四僧宴樂御花園　　一怪空懷情欲喜

제95회　가짜가 진짜와 합치려다 옥토끼 잡히게 되고
　　　　상아는 바른 길로 들어서 영원과 합쳐지다.

　　　　假合眞形擒玉兔　　眞陰歸正會靈元

취경성공(取經功成)

제96회　구원외는 고승을 즐거이 대접하고
　　　　삼장은 부귀를 탐하지 않는다.

　　　　寇員外喜待高僧　　唐長老不貪富貴

제97회　삼장은 은혜를 갚다가 요마를 만나고
　　　　손오공은 구원외를 살려주다.

　　　　金酬外護遭魔蟄　　聖顯幽魂救本原

제98회　손오공과 백마는 속세에서 벗어나고
　　　　삼장은 공과가 완성되어 여래를 만나다.

　　　　猿熟馬馴方脫殼　　功成行滿見眞如

제99회　여든아홉 수난이 차서 요마의 난동 다하고
　　　　아홉 수행을 마쳐서 도는 근원으로 돌아가다.

　　　　九九數完魔滅盡　　三三行滿道歸根

제100회   불경은 동쪽 땅에 전해지고

다섯 성인은 완전함을 이룬다.

徑回東土   五聖成眞

『서유기』 관련서

「중국소설사략」(노신, 북경: 신화서국(新華書局), 1984)

　　노신이 지은 최초의 중국소설사. 중국의 소설들을 시대별로 분류하면서 동시에 각 시대별 특징을 서술하였다. 『서유기』 같은 경우는 명나라 시기의 신마(神魔)소설로 분류하였다. 중국소설에 대해 알고 싶다면 일독을 권함.

「대당서역기」(변기(辯機), 북경: 중화서국(中華書局), 1991)

　　실크로드에 관심이 있는 사람이라면 꼭 한번 읽어보길 권한다. 당시에 있었던 그 많은 왕국들이 지금은 모래 속에 묻혀 있다고 생각하니 굉장히 서글퍼진다.

『라마야나』(PLAL, *The Ramayana of Valmiki*, New Delhi : Vikas Publishing House PVT LTD, 1981)

우리나라에는 많이 알려져 있지 않지만 인도나 그 주변 국가에서는 우리나라의 '홍길동전' 만큼이나 잘 알려진 유명한 이야기이다. 특히 여기에는 원숭이 하누만이 나오는데 한번 읽어보고 손오공과 관련이 있는지 없는지 판단해 보시라.

『산해경교주(山海經校注)』(원가(袁珂), 대북(臺北) : 里仁書局, 1982)

중국 신화학의 아버지인 원가가 원문에 해설을 붙인 책이다. 이 책은 말 그대로 고대 중국인들이 생각하는 세계에 대한 설명이다. 산과 강이 어떻게 배치되며 그곳에는 누가 사는지를 서술하였다. 이 책에는 특히 고대 중국 사람들이 생각한 여러 가지 하이브리드 동물에 대한 설명이 있는데, 읽다보면 그 독특한 생물들의 생김새에 눈이 저절로 커진다.

『수신기』(간보(干寶), 상해 : 상무인서관(商務印書館))

작가인 간보는 자기 집 여자 하인이 죽어서 관 속에 묻혔다가 며칠 후에 살아난 사건에 깊이 충격을 받았다. 그래서 본격적으로 주변에서 '세상에 이런 일이……' 류의 이야기를 모아서 책으로 펴냈다. 생동감이 넘치며 재미있다.

『태평광기』(대북(臺北): 문사철출판사(文史哲出版社), 1978)

송나라 당시 국왕이 칙령을 내려 이전 시기의 재미있는 이야기들을 모았다. 그리고 학자들이 그것들을 소재별로 나누어 출판한 책. 방대한 분량·넘치는 위트.

『유림외사』(오경재(吳敬梓), 대만: 상무인서관(商務印書館), 1968)

오경재가 지은 소설책이다. 이 책은 청나라 시기 사회와 문화 생활을 잘 묘사했다. 읽다보면 그때나 지금이나 사람들이 살아가면서 겪게 되는 인간관계의 어려움에는 별 차이가 없음을 실감하게 된다.

『홍루몽』(『고본소설총간(古本小說叢刊)』, 북경: 중화서국, 1987)

청나라의 대표적인 소설. 주인공 가보옥과 그의 여러 처첩 간에 얽힌 이야기들이 묘사되어 있다. 현대 중국에서도 고전으로 사랑받고 있으며, '『홍루몽』 논쟁'을 야기했던 문제의 책.

『반지의 제왕』(Tolkien, J.J.R., *The lord of the rings*, Boston: Houghton Mifflin, 1982)

작가는 톨킨이다. 판타지 문학사 속에서 큰 자리를 차지하고 있는 작품. 영화도 원작소설의 의도를 놓치지 않고 잘 묘사했다. 권력, 연약한 인간, 그리고 사랑에 대해 다시 생각해 보게 하는 책이다.

「매트릭스」 3부작 (래리 · 앤디 워쇼스키 감독, 1999~2003년)

이 작품은 책은 아니지만 본문에서 중요시 다룬 영화이며, 실제로도 훌륭한 영화이기에 추천한다. 키애누 리브스의 검정 코트도 멋지지만 이야기 발상과 구조, 그리고 인류가 필연적으로 마주칠 수밖에 없는 기계와의 공존이라는 문제에 대해 심각하고도 진지하게 질문하고 있다.

주註

1) 먼저 미국에서 연구할 수 있도록 물심양면으로 도움을 준 남편에게 감사
   의 마음을 전하고 싶다. 다음으로 일리노이 대학의 라니아 헌팅턴 교수에
   게 감사한다. 그녀는 나에게 다방면의 도움을 주고 있다(Special thanks to
   Professor Rania Huntington in University of Illinois at Urbana-Champaign. She
   shows me great kindness).

2) 전중엄(田中巖), 「서유기의 작자(西遊記の作者)」, 『사문(斯文)』, 복간팔호
   (復刊八號), 1953년.

3) Andrew H. Plaks, *The four Masterworks of the Ming Novel*(Princeton
   University Press, 1987), 183-202쪽.

4) 유용강(劉勇强), 『즐거운 정신여행―서유기에 대한 새로운 해설(奇特的精
   神漫遊―西遊記新說)』(삼련서점출판(三聯書店出版), 1992), 259-264쪽.

5) 이택후, 윤수영 옮김, 『미의 역정』(동문선, 1991).

6) 사부비요본(四部備要本), 『양명전서(陽明全書)』(중화서국출판(中華書局出版),
   1989), 제25권 〈절암방공묘표(節菴方公墓表)〉, 1263쪽.

7) 유용강, 앞의 책(1992), 13쪽.

8) 유용강, 앞의 책(1992), 14-15쪽.

9) 호적(胡適), 「서유기고증(西遊記考證)」, (『중국장회소설고증(中國章回小說考證)』, 실
   업인서관(實業印書館), 1942년판, 상해서점(上海書店), 1980년 복인(復印)), 335-341쪽.

10) 태전신부(太田辰夫), 『서유기 연구(西遊記の硏究)』(어문출판(語文出版), 동경(東
    京), 1984), 43쪽.

11) 유용강, 앞의 책(1992), 59-62쪽.

12) 진감(陳澉), 「서유기 판본의 근원을 묻는다[西遊記版本源流探幽]」, 『중국고

대근대문학연구(中國古代近代文學研究)』, 1988년 8월호, 237-242쪽.

13) 이들 논문은 『고전소설판본자료선편(古典小說版本資料選編)』(산서인민출판 사관, 1985)에 실려 있다.

14) 오경재(吳敬梓), 『유림외사(儒林外史)』(대만 상무인서관(臺灣 商務印書館) 국학기 본총서(國學基本叢書) 249, 민국(民國)57년(1968)), 15-26쪽.

15) Ying-shih YU, ""O Soul, Come Back!" A Study in the Changing Conceptions of the Soul and Afterlife in Pre-Buddhist China", *Harvard Journal of Asiatic Studies*, 47-2, 1987, 367쪽.

16) 마이클 로이, 이성규 옮김, 『고대 중국인의 생사관』(지식산업사, 1988), 135~139쪽; 손작운, 「마왕퇴1호한묘출토화번고석(馬王堆一號漢墓出土畵幡 考釋)」, 『고고(考古)』, 1973년 1월호.

17) 정재서 역주, 『산해경』(민음사, 1993), 164쪽.

18) 정재서 역주, 『산해경』(민음사, 1993), 229쪽.

19) 정재서 역주, 『산해경』(민음사, 1993), 252쪽.

20) 정재서 역주, 『산해경』(민음사, 1993), 278쪽.

21) K. C. Chang, "Early Chinese Civilization : Anthropological Perspectives" (Harvard-Yenching Institute, 1976).

22) 원문은 『서유기(西遊記)(上中下)』(인민문학출판사(人民文學出版社), 1989)에서 인용하였다.

23) 유용강, 앞의 책(1992), 제4장.

24) 유용강, 앞의 책(1992), 143쪽.

25) 최근 스위스 분석심리학자인 융(C. G. Yung)의 논문을 읽으면서 융이 주 장한 인간의 '개성화'와 『서유기』에서 나타나고 있는 공간의 '세속화'가 본질적인 면에서 일치하고 있음을 발견하였다. 융이 주장한 '개성화'는 의식이 무의식의 세계를 인지하고 그 세계를 받아들이면서 두 개로 나누 어진 내적 세계가 하나의 세계로 융합함을 의미한다. 이런 '개성화'를 통 해 인간은 내적 분리를 넘어서 일종의 '유아독존'적 인간이 된다. 마찬가 지로 『서유기』 속에 보이는 공간의 '세속화'란 두개의 나누어진 세계가 하나의 세계로 융합하고 있음을 의미한다. 인간의 의식에서 진행되는 '개 성화'와 소설적 공간에서 보이는 '세속화'가 융합(coniunctio)이라는 공통 요소를 품고 있다. 이런 공통점은 아마도 우리 인간이 가지고 있는 사유 방식의 원형성(archetype)에서 유래하는 것으로 짐작된다.

서유기 읽·기·의·즐·거·움
고대 중국인의 사이버스페이스

초판 인쇄 ǀ 2005년 6월 20일
초판 발행 ǀ 2005년 6월 30일

지은이 ǀ 나선희
펴낸이 ǀ 심만수
펴낸곳 ǀ (주)살림출판사
출판등록 ǀ 1989년 11월 1일 제9-210호

주소 ǀ 110-847 서울시 종로구 평창동 358-1
전화 ǀ 02)379-4925~6
팩스 ǀ 02)379-4724
e-mail ǀ salleem@chollian.net
홈페이지 ǀ http://www.sallimbooks.com

값 7,900원